U0877909

俯仰岐阳关

冉前锋 著

天津出版传媒集团
百花文艺出版社

图书在版编目（CIP）数据

俯仰岐阳关 / 冉前锋著 . -- 天津 : 百花文艺出版社 , 2024.1
ISBN 978-7-5306-8691-1

Ⅰ . ①俯… Ⅱ . ①冉… Ⅲ . ①散文集—中国—当代 Ⅳ . ① I267

中国国家版本馆 CIP 数据核字 (2023) 第 226509 号

俯仰岐阳关

FUYANG QIYANGGUAN

冉前锋　著

出 版 人：薛印胜

责任编辑：郑　爽

装帧设计：百悦兰棠

出版发行：百花文艺出版社

地址：天津市和平区西康路 35 号　　**邮编：**300051

电话传真：+86-22-23332651（发行部）
+86-22-23332656（总编室）
+86-22-23332478（邮购部）

网址：http://www.baihuawenyi.com

印刷：廊坊市海涛印刷有限公司

开本：787 毫米 ×1092 毫米　1/16

字数：140 千字

印张：12.25

版次：2024 年 1 月第 1 版

印次：2024 年 1 月第 1 次印刷

定价：58.00 元

如有印装质量问题，请与廊坊市海涛印刷有限公司联系调换
地址：河北省廊坊市安次区码头镇金官屯村海涛印刷有限公司
电话：（0316）2516002　邮编：065000

版权所有　侵权必究

目　录

一

俯仰岐阳关

二十年前，我在派出所工作。一个秋天的早晨，我们从岐阳乡政府所在地的长岭老街出发，朝着岐阳关的山道行走，游览了位于长岭上的要塞——岐阳关。

那是一个秋雨霏霏的清晨，小雨打湿了青瓦人家，雾霭笼罩远山近水，九月的山川河谷秋雨绵绵，我们一行三人从乡政府的木板楼出发前往岐阳关。除了我以外，一位是派出所年轻的民警小向，另外一位是乡政府文化干部老卢。老卢是转业军人，家住岐阳关下的盖家坝，是我们此行的向导。他从小在这条古道上行走，在盐大路上当过“挑二”的爷爷常常给他讲岐阳关的故事。

在小镇的尽头，一条山路凸显在眼前，如同一条长长的乌梢蛇梭向雨雾茫茫的大山深处。对于岐阳关，我向往已久，它位于海拔一千一百八十四米的南岸长岭最高峰火山附近，号称“南天砥柱，鄂西雄关”。它既是古老川楚孔道的交通要道，又是一个重要的军事关隘，还是磨刀溪支流泥溪河和永谷水支流石笋河的分水岭。三十公里的长岭，北坡陡绝，南坡稍缓，西起石笋河边的盖下坝，东到泥溪河畔的泥溪口，如一条绿色的长龙，凌空飞舞，直上云霄。只要占领岐阳关，东可俯瞰辽阔的鄂西平坝，直下利川、恩施、石柱、建始、长阳、宜昌等地，直取江汉平原；西可顺势而下，直抵云阳、万州、忠县等沿江城市。明初朱元璋麾下的大将汤和、廖永忠灭重庆明氏政权时就在进攻长江三峡夔门关受阻时而改走此道，攻下岐阳关后沿江西上，直捣重庆。“由荆楚而瞰巴蜀，恒以此道为奇”，这条进军路线被称为“奇道”，自古以来就是一夫当关、万夫莫开的兵家必争之地。

老卢告诉我们，他爷爷小时候，夏天在院坝团窝（晒谷物用的圆形竹编工具）里睡觉。天刚亮，几个猎人手持火把抬着一只滴血的死老虎从岐阳关的山道上下来，从院坝经过，把已经醒来的他吓了一跳。一直到一九五八年大炼钢铁、大规模砍伐森林后，虎豹的踪迹才彻底消失。

走过一段平路后，我们来到一堵山崖前，开始爬坡，一路上行。路渐渐变陡，一条荒草掩映不足一米宽的青石路蜿蜒盘旋在岩壁山涧。这石板路用细錾敲打而成，由于时间久远，行人渐少，石梯已黝黑发亮，上面有着一些凹形的印记，老卢说：“我们走的这条坡陡、谷深、梯险的窄道，是通往岐阳关唯一的道路，也是‘盐大路’和川楚古道的一部分，那些凹坑是骡马、挑夫、来往过客走过的足迹。”那个时候的盐大路热闹非凡，“锅里不熄火，路上不断人”是那个时代的真实写照。兴之所至，老卢还唱起了当年爷爷他们传唱的山歌：

挑二哥，莫快活，上磨肩膀下磨脚。

脚板磨得像锅铲，背脊晒得像乌龟壳。

挑二哥，莫偷懒，上挑桐油下挑盐。

上挑桐油到四川，下挑盐巴到湖南。

这一段相对平缓的石板路叫野猫溪，一条小溪从路边流过，石板路就贴着山谷，沿着野猫溪潺潺流水的方向缓缓上行，一边是淙淙的流水，一边是鲜红的映山红，一簇簇、一团团、一片片、一垄垄沿着野猫溪开得烂漫，那经过秋雨洗涤的映山红在这阴湿的天气里显得更加娇艳，那是浸透秋雨的鲜红，娇艳欲滴，如出水的珊瑚、燃烧的火焰，映红了小溪两边的山麓河谷。

岁月的风霜雪雨把河谷原有的轮廓变得圆润光滑，边沿长满了绿色的苔藓，平路如砥。走完平缓的道路，就来到了“百步梯”，梯道入云，皆是因势就形，直上云霄，尤其是那一段最陡的石梯，号称“猴儿坡”，从山脚开始渐渐上到山脊，梯道完全是在坚硬的山脊上铺设而成，沿着山势升高，渐渐地，野猫溪的流水变成了飞流，飒飒飘响。我们抬脚登高，一步一步向上爬，仰望山头，只能看见树梢上伸展而上的一段石梯，陡峭险峻，直上云霄。梯旁两侧是深不可测的深渊，只听到流水的轰鸣，而无法看清浓雾弥漫的山涧。

走上约三公里长的石梯，便来到了长岭岗，这时雨渐渐小了，斜风细雨，松滴清响，气温明显比山下低了很多。我们收起雨伞，扣好因爬百步梯而敞开的衣服，沿着山脊上的长岭岗慢慢前移。长岭岗修在长岭的腰脊上，两边是刀砍斧劈的崖壁，下面是悬崖万丈，中间是这条不足一米宽的古道，坡度虽缓，但道路湿滑，我们战战兢兢地往前走，以伞为拐杖，目不斜视，一步一步往前挪动，直到走到一个宽阔的山包前才停下稍歇。此时左顾右盼，脚下云雾蒸腾，天空空旷了许多，仰望岐阳关，雾霭重重，不见踪影，而两边的山崖完全隐入雾中。向下探望，云雾笼罩，深不见底，水流只闻其声，不见其形，有如苍龙入海，云落九天。

正当我们感慨百步梯路太陡、长岭岗路太险时，老卢用手一指，最高的还在前面的千丈崖！果然，在长岭岗路走了五公里后，就看见了一幕瀑布从山崖上“飞”下来，跌进下面的深壑里，瀑布撞击在岩石上，发出巨大的声音，飞雪般的碎屑溅起，如颗颗珍珠，飞进我们的衣服，打湿我们的面庞，有的甚至从领口和袖口钻进我们的身体，瞬时不见踪迹，让人不禁打了个寒战。

千丈崖是我们上岐阳关必须攀登的陡壁，那些梯道就在岩壁上开凿出来，我们只好手足并用，沿着笔直的崖壁攀爬。此时我们已经是汗流浃背，双腿发软，仰头看天，云雾中的岐阳关还是不见踪影。老卢说爬山就应该注重脚下，不可像我们这样仰头望天，因为这样的话会觉得越走越远，其实只要专注脚下，走好每一步，目标也就越来越近。果然，我们几乎感到精疲力竭的时候，终于爬上了山顶。

百尺为形，千尺为势。岐阳关形势兼备，云雾半山，峥嵘突兀，一柱擎天。其实之前我就了解到：我们走的这条石板路在唐代就有，是川楚孔道的一部分，从唐代起就是三湘学子北上长安的必经之路。只是随着明清时期因云安盐场的兴起，鄂西、湘西、川南和本地一带的“挑二哥”成群结队，络绎不绝地走上了这条危险重重的道路，由此衍生出客栈、饭馆、茶馆、车马店的繁荣。

人杰地灵处，天地有情时，仰望岐阳关，擎天一柱，翼带两江，山水共舞，好一个雄关古道；俯瞰盖下坝，白云如篆，彩霞飞渡，阡陌纵横，似一幅绚丽长卷。经过近四个小时的溪山行旅，我们终于到达了岐阳关山顶，火山梁就在我们面前，砦城、穿心店、关侯庙就在我们身边，卡门、一碗水、岐阳茶厂就在我们脚下。砦城、穿心店、关侯庙等早已被毁坏，只有一碗水、卡门、岭上茶园还在，卡门颤颤巍巍立在山梁上，古道西风，一钥锁关，成为那个年代留下的峥嵘记忆！

那个叫“一碗水”的古井，曾经是岐阳关主要的饮用水源，据说四时不竭、清泉浸润、青苔飘逸，如今磨盘大的井口还在汩汩浸润，扒开荒草和落叶，掬一口井水，甘甜润口，沁人心脾，来往的挑二哥有句谚语:“喝岭上茶，走柏杨坝”。好茶遇见好水，“岭上茶”遇见“一碗水”，如妙龄少女遇见如意郎君，注定会成就一方美好！

亦苦亦滑，口齿生津的“岭上茶”，有陆羽《茶经》上记述的巴山峡川的古树茶基因。岭上茶园就在岐阳关南坡，号称“最陡茶园”。二十世纪六十年代，村集体在“岭上茶”基础上建岐阳茶厂，拆除岐阳关砦城墙，在原茶园的基础上垒出一千亩茶园，与供销社合作，五吨岐阳红翠茶远销英国。随后龙缸茶业有限公司在二十一世纪初成立，采用入股、控股、租赁经营的方式与岐阳茶厂合并，扩大茶园面积到三千亩。随着精准扶贫号角的吹响，龙缸茶业有限公司以公司加农户加基地的生产模式，无偿提供技术、种苗、药物、化肥，带动岐阳关周边群众广辟茶园，解决了农村富余劳动力两百人的就业问题，每年还定期拿出利润分红，助推精准扶贫，千年的贫困面貌得到彻底改变。二〇一九年，国家整村扶贫验收，岐阳关下的老百姓与全国人民一起进入小康社会。多少志士仁人、革命先烈的梦想得到实现。

站在山头俯瞰，所来之路在一片浓雾中渐渐散开，三千亩茶园如巨大的绿毯覆盖南坡，漫漫绿色一直延伸到磨刀溪边，长蛇般的古道盘旋飞舞，直下长岭老街，山顶却豁然开朗，烟色一空，雾霭挂在山腰上，像一条亭亭少女系着的白色裙带，迎风飞舞，衣衫飘飘。山上已经放晴，层峦叠嶂，远处的齐耀山，苍茫著一线。那平旷的山顶上，金色的阳光正穿过云雾，喷射而出，万丈光芒投在这方山水。雨停了，溪水从山上倾泻而下，朵朵白云掩映着山上那些黄墙青瓦的人家，似一幅“处处涧从天上落，户户生在白云间”的奇幻美景。永谷水和泥溪河细若游丝，左右环绕，美目顾盼，清泪涟涟。长岭街道竟如粟米般大小，两边的田畴在乱云飞渡中若隐若现，宛若棋盘。此时此地，我们和山下河谷地带相对垂直高度已近一千多米，犹如天边行走，云上览胜。极目远眺，依然能看见刘贞安、刘孟伉、徐泽贵故居，还有曾锡光主持修建的防御城墙——南长城。斯人远去，当大儒的芒鞋、军人的马蹄、挑二哥的草履和少年的赤脚曾在这条古道上跫响，古道曾留下他们矫健的身影，那些圆润光滑、凹痕明显的印迹还残留在古道上，谁说不是他们青春岁月的回响?

有什么样的山水，就有什么样的人民，人是模仿自然的，自然又给予人强大的精神支撑。岐阳关敢于直插苍天，以水濯足，用雾系腰，以云作衣，头与天齐；石笋河急流汹涌，携大山乳汁般的清泉，在铁桶般的深山和坚硬如钢的龙骨石崖壁上左冲右突，三弯九绕，硬是挤出一道缝隙，从而喷涌而出，然后倾情一泻。如云水般的腰肢，蜿蜒在岐阳关下长滩河悠长的谷底，浩荡成满满一河清亮，冲关过隘，汇入万里长江。这样的山水险隘，形成了当地人自强不息、仁义宽厚、不畏艰险、勇猛顽强的性格，同时文武双修、文脉深厚，既有大山的雄奇刚劲，也有流水的活泛睿智。

岐阳关就是这样，将雄奇与俊秀融为一体，自然与人文交相辉映！

这时，一架客机从齐耀山飞过来，从我们头上掠过，像一只银色的大鸟，飞向遥远的西南方向。

真想再走一次岐阳关！

二

秘境石笋河

今年国庆期间，我们作协一行人来到堰坪镇采风。

站在一百五十米高的丐家坝水电站大坝上眺望，雄伟的钢筋混凝土大坝将长滩河拦腰斩断，形状各异的大小卵石在河床上形成长达十多公里的乱石阵，零星的水渍在秋阳下闪着星星点点的光芒，彻底沦为一条随着水闸开启或关闭的断流河。大坝另一边是一碧万顷的清水湖，二十五平方公里的湖面淹没了石笋河、丐家坝、兴安坝、刘家坝、老鸦峡和两岸的广大原野，昔日奔腾的河流变成了凝滞不动的水库。

这是我三十年前看见的长滩河吗？

长滩河又名永谷水，流经鄂西渝东，全长一百〇四公里，为长江中游水利资源较丰富的一级支流，源头到水瀼口落差两千六百多米，像一条白色的巨龙从天而降。石笋河是永谷水最大支流，全长十五公里，从柏杨坝的杉树坪到丐家坝的双河口。该河源于荆子坝黄金洞，洞内涌泉，巨如水桶，泻为溪流，大龙门段的最大流速达每秒三十米，流经十公里的老鸦峡，出双河口，在丐家坝汇入长滩河。流域内有各种野生动植物，如长臂猿、野羊、红喙白鹭、猫头鹰，穿山甲，红豆杉、天麻、田七、杜仲、七叶一枝花，大鲵、灵龟、夔龙、娃娃鱼、桃花鳊等，还有悬棺、盐井、水晶观遗址及以战国编钟为代表的出土文物，是整个永谷水最具魅力的一段，瀑布悬挂、洞穴密布、峡谷险峻、石笋林立、物产丰饶、历史悠久，集自然生态与人文历史于一体，是国家5A级旅游景区龙缸国家地质公园的核心地带，被誉为“长江三峡最后的香格里拉”。

奔腾的石笋河

二十世纪九十年代那个深秋的中午，身为龙角派出所所长的我，为侦破发生在丐家坝原刘家祠堂高台上一起古墓被盗案，和同事一起在丐家坝、石笋河盘桓半个月之久。抓获嫌疑人后，为追回战国编钟等一批涉案青铜文物，我们乘坐刘老爹的小木船前往石笋河的老鸦峡。

从丐家坝下面的盐坝上了船，那艘船其实是一个两头尖削，中宽边窄的被称为“筏子”的小木船，只能装几个人。那时的石笋河水流较缓，刚好可以行船，所以我们就沿着荇草蔓蔓、青苔长飘的石笋河逆流而上，刘老爹手持长篙，轻点碧水，小船就在玻璃般的水面上滑行，泛起扇形的涟漪，一直荡漾进岸边的芦苇丛中。修长的苇秆顶部满是白色、紫色的苇絮，在秋风吹拂下飒飒起伏，留下了秋风浩荡的模样。这芦苇丛中却有着几十口残存的盐井，呈圆柱形，皆是用卵石、糯米、石灰、稻草灰码砌而成，中空外圆，颜色已经成了黑褐色，残垣断壁，废弃已久，这就是“盐坝井”。对岸奉节那边可见一条支流注入，交汇处深潭般的河流中央有一个狭长的小岛，如孤阜当流，椭圆如獭，上面还有建筑的遗迹。我们好奇地靠过去，果然在岛上发现了几百平方米的房屋基础和三进院落的遗迹。

刘老爹介绍，这里原来是一个道观，叫水晶观，他小的时候还来玩儿过。那时里面有张天师的塑像，还有一个长须髯髯的道士，有巫医术、懂堪舆、会轻功，村民说他有一百岁了。有人看见过道士在薄雾中涉水过河而鞋不沾水；用柳树叶吹出长长的哨音，招来白鹭和野鹿；一根灵寿木做的雕花手杖剑更是使豺狼猛兽近身不得。老道士背着“扁背”，足蹬藤鞋，出没于山重水复、峰峦叠嶂的石笋河山谷迷雾中。年幼的刘老爹数次看见他轻盈上下、飘然去来采药的身影。

有一次刘老爹脖子后颈上长了一个大疮，直流脓水，吃不下饭也睡不着觉。他的母亲半夜抱着他坐着木船上了岛中的道观：那晚月光皎洁，水面波光粼粼，道观巍巍峻宇，白月光和道观的长明灯勾勒出道观晶莹玲珑的剪影。道观里那位道士看了说是“对口”，给他的疮面喷了一口酒，抠了背脊上的麻经（点穴术），用小刀在烛台上烤了烤，就将疮口划破，包上草药，几天就好了。那时他才四五岁，在道床上昏昏欲睡，只记得在红烛摇曳的灯影下那楹桷交相辉映的大殿和星月互照的夜空下闪亮的流水，真如西游记里的水晶宫一样。

后来，一场洪水冲毁了道观外墙，本来之前刘老爹的父亲已经领刘老爹去当“烧火徒弟（不出家的道士）”并得到了老道士的同意，没想到老道士出去化缘准备重修道观，却再也没有回来！

六十多岁的刘老爹后颈的弧形疤痕依然还在，就像六十年前那轮皎洁的下弦月。

我们从水晶观上船后继续上行，看见对岸的平坝边有一大片的竹林，临水阪溪、山麓青翠，竹林从河边一直延伸到下游黄陵峡峡口，形成一片密不透风的翠绿竹海，这就是远近闻名的大竹林，是长滩河白鹭固定的栖息地。我们随着刘老爹的指引看过去，只见很少的白鹭或立于田阪，或站在水边，或缩于竹梢，看见我们经过，扑腾得惊飞，在我们头顶上绕了一圈儿，待我们走远，又飞了回去。

“那是幼白鹭，它们飞不远，也在等待它们的父母从老鸦峡给它们啄食回来！”刘老爹说：“等你们看到真正的鹭群飞翔的阵势，那才是好看得很呢！”

我们继续往上走，快到老鸦峡的入口处大龙门时，看见有两方巨大的山石耸立在右侧的岐阳关一方。船靠近了，发现一股水桶粗的水流从山石的罅隙中涌出，水色翠绿，用手一掬，甘甜润口，沁人心脾，这就是当地人称“喊泉”的大鱼泉。鱼泉古书上称“丙穴”，当地谚语：“春雷轰、桃花开，鱼儿出泉来。”小时候，每到阳春三月，刘老爹同他的父亲来到鱼泉洞，父亲就对着鱼泉大声叫喊：“哟呵呵——我要喝水！哟呵呵哟——我要喝水！”洪亮悠长的喊声钻进了鱼泉洞，引起瓮声瓮气悠长的回音，泉水随着喊声汩汩涌出，随后鱼儿就随着喊声从洞中游出来；喊声越大，鱼儿越多，反之越少。游出来的鱼被他们父子轻而易举舀上船，再舀一瓢鱼泉水，用清水煮鱼，加上酸菜和葱姜蒜来吃，俗称“吃跳鱼”。石笋河全长十五公里，有大、小鱼泉各一，这种鱼，本地人称“羊鱼”，“其头似羊，丰肉少骨，美于余鱼”（郦道元语）。每当春暖花开时节，丏家坝的船夫们就泛舟石笋河，停靠鱼泉洞，男女老少对着鱼泉洞齐声高喊：“我要喝水！我要喝水！”鱼儿就从鱼泉洞摇摇摆摆地涌出来。等候在此的人们就用鱼舀子网起一网鲜鱼，船上燃起一笼火，煮起一锅热气腾腾的鲜鱼，就着水光山色，喝一碗乳白色的鱼汤，饮一碗苞谷烧酒，夹一块无刺的鱼肉，享受这天降美食！

“之前每个月喊两次，初一和十五，只限于春季的三个月。可惜现在没有了！”刘老爹说，“老鸦峡到了！”

船从鱼泉洞再往前行，只见群山四合，众壑交汇，十六个白玉般的石柱沿河林立，倚崖直立，可谓白玉拄天，水出其下，如芙蓉出水、美人出浴。最大的一根石笋高数十丈，从水中直刺苍穹，我们的船拴在石柱底，仰头看去，擎天一柱，雪白如玉。石笋顶部居然有一棵小小的榕树，像极了笔尖上的绿毫。整个石笋像一根白色的如椽巨笔，蘸着如翡翠汁般的石笋河碧水，在蔚蓝的天空写下孤独的诗篇！

石笋底部，玉柱浑圆，晶莹剔透，在秋阳的照射下闪着银色的光芒，游过来的鱼虾河贝，历历可数，绕柱数匝，猝尔远逝，似与游者相乐。手抚石柱，温润如玉，冰凉如铁，洁白如雪。这些石笋浑圆白皙，下圆上尖，柱柱独立又相映成林，水漫其下，风掠其上，森森玉体如擎天之柱，撑起这片多情的天空。传说是孙悟空去东海龙王处借走金箍棒后遗落在此的诸多兵器变化而成，直接成就了这条河流瑰丽的名字——石笋河。

舍舟上岸，沿着羊肠小道的溪边行走，刘老爹带着我们向半山腰崖壁上的一个山洞攀爬，那个洞叫大安洞，崖亦高狭，溪流弥深，洞口高数十丈，外为城堞。自溪登岸，只有两条小径通顶。洞内三重，唯前洞宏畅，可以容纳数百人，平旷的洞底可以停靠几十辆大卡车。二洞以上阴湿，里面洞径相连，不通人迹，亦不知其深几许，出口何在。有好事者曾经放羊入洞，居然在十公里外的丏家坝走出，可见危难之时熟悉洞径的本地人仍有保命脱身的隐秘之道。

复入溪，沿大安洞上行约两百米，就来到了老鸦峡里的大龙门，山势迫束，一水若箭，咆哮轰鸣。龙门右侧有一个巨大的深潭，承接了龙门出来的老鸦峡的澎湃水流。

全长十五公里的石笋河，老鸦峡占十公里，大龙门窄处不足五米，众水汇腾，天若一线。进峡不到三百米，就看见峡对面梅子关下来的七槽沟水直直冲入峡谷，白色的瀑布悬挂在凹进去的巉岩中，飞泉吼喷，发出噗噗的声响，银色的水流飞流直下，临岩跌宕，如银色长帘，玉山倾斜，长河倒挂，巨大的水柱与深谷流水相撞，水流翻滚，银枝乱颤，如天女散花，飞屑四散。周围的花草树木在飞花般的水雾中起伏沐浴，愈发翠色逼人，晶莹发亮。这四时伸挂的瀑布就是县志上说的“龙门飞瀑”。

跌落在峡底的瀑布腾起如白色巨龙般的水雾，朝着我们站立的峡谷对岸持续不断地涌来，前赴后继，漫漫不绝，如同一条白色的巨龙飞驰而来。水雾很快笼罩了峡谷，伫立在对岸的我们互相之间只闻其声，不见其人，完全隐没在水雾之中，这景象就是老鸦峡闻名的“白龙过峡”。

我们沿着崖壁上的小路行走，刘老爹在灌木丛中砍出原有的栈道——一条在悬崖边开凿而成的乌黑崖壁小道，边上还残存着大小不一的桩洞，如同大山的肋骨，深深地嵌入峡谷陡壁之中，长长地伸向峡谷未知的深处。路边不知名的花草青翠欲滴，如同在牛乳中浸泡过，温润而晶莹。七彩野花开得烂漫如新，却又参差不齐，错落有致，大者如橼、小者如豆，高者悬崖、低者挂谷，摇摆而不失倔强，绚丽却不妖艳，如同天上的群星，璀璨在这无人问津的峡谷，这就是老鸦峡的“花溪幽谷”。

刘老爹指着水崖边上水雾缭绕中起伏的一蓬绿叶白花的植物，说这就是传说中的“强盗神药”——七叶一枝花，治疗跌打损伤疗效类似于云南白药，非常神奇，目前只老鸦峡才有。

猿猴洞到了！其实就是栈道旁边岩壁上的一个小山洞，有一条掩埋在荒草中的小径直通洞内。我们爬上去一看，石洞掩映在一条条长长的青藤丛中，外人基本上无法知晓。砍开藤蔓，里面只有十米见方的岩洞，干燥阴凉。岩洞里面有稻谷草铺就的多个窝巢，大小不一，有着浓浓的骚味。我们仔细搜查后没有发现犯罪嫌疑人交代的东西，其实戳穿谎言，真相就在前面。在刘老爹催促下我们立刻离开，下到栈道上，他才在我耳边对我说：“那是猿猴幼崽的味道，我们的到来可能惊动了母猴，我们这样也许会激怒母猴，应该赶快离开。”

果然，我们走下栈道不远，头上扑簌簌地响，一阵急雨般的水珠夹杂着残枝败叶倾泻而下，一些石块向我们离开的猿猴洞打过来，砸在我们刚刚离开的洞壁，溅起缕缕烟雾，棕色身影的猿猴从我们头顶上如风卷残云般飞快掠过，瞬间不见踪迹，只传来对岸树丛中唧唧啾啾的猿鸣！

我们继续往前走，这时峡口逐渐敞开，已经能够看见一片蔚蓝的天空和羊群般移动的白云，久违的阳光从峡口喷洒而下，倾斜的光柱透过树叶的缝隙，把金光闪闪的光柱照射在我们被水汽打湿的身上。刘老爹指着我们前方如鹰嘴突出的绝壁——鹰嘴岩，那个地方就是悬棺的位置，原来有七口悬棺，七口悬棺在鹰嘴岩绝壁上用木棍支撑着，还有一口最大的悬棺放在鹰嘴口凌空的山洞，当地人称“蛮子洞”，也叫“仙人洞”。石笋河的悬棺奇特之处在于，它集悬棺和洞棺于一体，把两种奇特的丧葬方式集中在不足两百平方米的水崖陡壁，其形状尤如“七星拱月”。在这陡壁如削的崖壁上，远古先人是怎么把棺材弄上去的？“七星拱月”又是什么意思？这“上不沾天，下不挨地”的墓葬方式到底有何寓意？这些如迷雾般的过往随着悬棺的损坏已经无从知晓，只有北宋的《太平广记》有着零星的记载：“五溪蛮，父母死，于村外阁其尸，三年而葬。打鼓路歌，亲属饮宴舞戏，一月有余，尽产为棺，余临江高山半助凿龛以葬之。”现在只有残存的十几根支撑悬棺的木桩斜插在岩壁上，在秋阳残照中留下弯曲斜长的影子，像一个个巨大的惊叹号和问号——回溯历史，又叩问现实！

终于走出了老鸦峡，这一路逆溪而行，足足走了三个小时。黄昏的时候，我们乘坐停在鹰嘴岩下的竹筏返回，十公里的急流载着我们的竹筏，不到半个小时就到了刘老爹拴船的泥鳅凼。这时，成百上千只白鹭从峡口涌出，沿着石笋河流水的方向展翅翱翔，瞬间泻满了整个丐家坝的天空，晚归白鹭银色的翅膀被夕阳染红，远处丐家坝水井边挑水煮饭的农人和这片天空中回家的群鹭一样，在夕阳笼罩的田野走向一天辛劳后栖息的农家小院，“僧肩背野水，鸦背负残阳”也许就是这样的意境。

当地人称白鹭为老鸦，这就是老鸦峡的由来。

丐家坝斜对岸的大竹林，满是晚归的白鹭，幼鹭张开小嘴，母鹭伸出鲜红的长喙，将从石笋河收获的小鱼虾米送入幼鹭口中，享受舐犊情深的天伦之乐。白鹭纷纷扬扬飘落在翠绿的竹林中，竹竿弯腰、竹叶起伏、鹭声悠扬，如白云朵朵，瑞雪天降。

此时，我们在泥鳅凼换乘刘老爹的木船，在橘红色的石笋河上漂流，清澈的溪流载着我们向着丐家坝的方向滑行。丐家坝升起袅袅炊烟，落日的余晖映照着鸡鸣犬吠的村庄和田野山坡上的金色稻浪，泛起烟火人间的模样。再往前看，晚霞中的石笋河如同一条橘红色的飘带，在岗岭四合的峡谷中左冲右突，数次碰壁后仍初心不改，在丐家湾划出一条三弯九绕悠长的弧线，成就了丐家坝的肥田沃土、鱼米之乡，然后携着大山乳汁般的一河清亮，朝着四壁合围的大山中唯一的缺口——黄陵峡，奔向东北方的万里长江。

历史从来不会断流，雄伟的大坝也斩不断我们的记忆！从远古时期的廪君巴人与盐水女神部落之战，到抗日战争时期丐家坝放排人冒雨送川军部队上前线，一直到川东游击队喋血七曜山，转战石笋河，在那个风雨如晦的岁月竖起革命的旗帜，到如今修建现代化的大型水库，发展旅游业，建成万亩“龙缸云雾”高山优质生态茶园，石笋河所在的齐耀山区率先脱贫，无不昭示着这个地方的人民有着与生俱来的勤劳勇敢、敢于争先的“霸蛮”个性，尤其是在丐家坝出土、被鉴定为国家一级文物的战国编钟等一批青铜器被追回，那个埋藏在水底的青铜时代犹如昙花一现、惊鸿一瞥，留下了一个战国古邑厚重悠远的背影，无不使人浮想联翩……

三

外婆的似水流年

母亲已经八十六岁了，听力不好。一个晚上我和母亲无意间谈起了外婆。昏昏欲睡的母亲来了精神，我拿出手机，调至录音模式，记录下这段弥足珍贵的口述历史。

外婆姓卢，生于民国初年，母亲随父姓何，何、卢两姓都是本地最早的原住民，是古老的峡江少数民族“板楯蛮”的后裔，住在云阳县三坝溪下面一个叫旧县坪的临江狭长平坝。

秦汉朝时期旧县坪叫“万户驿”，晚清民国时期一直称作“旧县坪”。旧县坪临江阪溪，背靠栖霞山，面临长江，南北两岸的二十四枇杷山磅礴对峙，发源于栖霞山主峰金鸡岭的三坝溪由西北方迤逦而来，蜿蜒穿过旧县坪，在一个叫马粪沱的地方汇入长江，江溪交汇，冲击出了一个土地肥沃、物产丰富的鱼米之乡。这里有良田千亩，住户几百家，江边马粪沱常年停靠着白帆布打满补丁的帆船，尖尖的桅杆伸向湛蓝的天空。从兴隆滩下来的长江翻着层层叠叠的浊浪，一直涌向下游的三龙沱，涛声高低起伏，像长江水发出的深深的叹息。夕阳西下的时候，西风骤起，沿江的芦苇沙沙作响，连绵起伏，坚硬修长的芦苇秆顶着紫红色的花絮，像士兵手持的红缨枪，发出征战沙场的声响；高高的衙门台上，有着一个整块的巨大的青石板坝，是原来的校场坝，后来被村民改为晒场，是旧县坪人茶余饭后驻足之地，有着山围故国、潮打空城、惊涛拍岸、白帆流淌的江浒景观。一条饱经风霜的石板路泛着青光，犹如长龙饮江，三弯九绕，绕过暖树烟村的旧县坪，盘旋上升，穿云驾雾，从码头延伸到后山，最终消失在二十四枇杷山的重重迷雾中。

这是八十年前，母亲看到的家乡。

曾外祖父是一个晚清童生，正值考试那些年，清政府废除了科举，于是他就放下四书五经，看了点儿中医书籍，便无师自通，当起了李时珍的弟子，人称“卢草药”。曾外祖母生了两个女儿后就再没生育，在我外婆八岁时故去，曾外祖父中年丧偶，科举失意，行医艰难，时常借酒浇愁。懂事的外婆就常常帮父亲晒湿草药、切干草药、配药引、打理家务，度过了艰难而孤寂的童年。不知多少次她都等着早出晚归的父亲；父亲回家后，她又赤脚到马粪沱的何家为父亲打酒。外婆十六岁的时候，经人说媒，嫁给了马粪沱（现在的马沱村）的何家少爷。何家是三坝溪有名的大户，开有酒坊、糖坊和油坊，方圆百里还有土地出租，何家少爷当时在离家三十里的云阳初小（现在的云阳中学）读书。何家少爷不知是有意躲避这门亲事还是请不了假已不得而知，我的外婆便和一只大公鸡拜了天地。半年后何家少爷回来，对我的小脚外婆相当满意，竟然对他父亲提出不再上学。曾外祖父的父亲对这个何家独苗也无可奈何，于是曾外祖父就回家帮着打理何家产业，曾外祖母凭着童生父亲教的不多的汉字，担任起何家记账的工作，小两口恩恩爱爱，先后生了三个女儿，我外婆二十二岁时生下我母亲，他兴高采烈说到上房曾祖父那去报喜，然后对我外婆说：“加把劲儿，明年给我生个儿子！”

那年冬天，我外公在河坝收高粱，从一条满载高粱的柏木船上卸货，卸了一天才卸完，外公和长工们一起把高粱一袋一袋搬回家，一直干到黄昏，掌灯时分，护院的表爸就吹起了铜号，并喊道：“侉寨子的谢麻子来了！”谢麻子是我们当地长江南岸土匪头子，盘踞在三坝龙溪山上的侉寨子，手下有上百土匪，是民国初年川东地区最大的匪帮。我外公当时迅速把我外婆和母亲三姊妹转移到红薯窖里，然后不顾外婆的再三劝阻冲了出去，刚到院子就碰见表爸，表爸说：“大少爷，他们都要跑了！”因为族长何明德听见表爸号筒声就随即吹起了牛角号，周围的人家都拿着火铳和各式冷兵器朝何家院子包围过来了。此时，自恃有些功夫的外公夺下聋人表爸的长矛，朝土匪退去的方向追了出去，刚追到牛圈外边，就追上了一个，外公一个“蜻蜓点水”捌倒一个，另一个帮忙的也被外公回身一个“青龙望月”撂倒。外公赶上第三个的时候，忽然“砰”的一声枪响，外公玉树临风般的身躯突然一动不动，随后拄着长矛慢慢倒在冬日冰冷的田埂上，几个土匪趁势架起受伤的同伙落荒而逃。外婆随族人赶过来，用手捂住外公鲜血喷涌的腋下，将外公的头放在胸前，外公吃力地说了句：“不是说土棒老二嘛（指没有枪的土匪），唧个又是洋棒老二哟（指有枪的土匪）！”随后就再也说不出话来，身子在外婆怀中渐渐变凉，直到外婆承诺一定将孩子养大才慢慢闭上眼睛……

那年是一九三六年，我外婆二十四岁，大姨六岁，二姨三岁，母亲八个月。

外公去世后，在外婆的请求下，外曾祖父请三坝溪的几个大姓、地方保甲和族长一起商议请警察局剿匪事宜，由于要分摊剿匪费用和担心土匪报复，争吵了几天之后，事情不了了之。悲愤交加的外婆咬牙要为外公讨个公道。在外公下葬前，她带着时年八岁最小的叔伯兄弟（我们叫他幺外公），手挎提篮，篮里装着外公的血衣和黄纸出发，到侉寨子哭丧。面对几十个全副武装的土匪，我的小脚外婆唱起了自编自创的丧歌：

早起三更忙到黑 高粱挩到黢麻黑
爬坡上坎 你水都没喝一碗
人在家中坐 祸从天上落
我的人哪

你的幺女嚯 才几个月呀
孤儿寡母 活起比黄连还苦
不是看逗三个娃儿小
我也各跟你去见阎王
我的人哪
…………

凄凉沙哑的歌声和火星飞舞的纸钱在山上萦回，整个山寨的土匪都禁不住放下武器，全部立在寨墙上鸦雀无声地伫立倾听。杀人如麻、铁石心肠的土匪头目谢麻子终于被打动，亲自出寨门扶起外婆，下令将开枪的土匪“跪渣滓”三日，赔一百大洋，扯三丈三尺白布，下猪、牛、羊三生祭，并承诺永远不再骚扰何家。末了，谢麻子说：“少奶奶！我谢麻子行走江湖几十年，从来没有像今天这样告过饶，我们都各自退一步，从此井水不犯河水，你看可以不？”外婆只好含泪点头，谢麻子派几个小喽啰，挑着担子，把外婆和幺外公送到了大路上。

何家为外公举行了规模宏大的葬礼，光请来超度的道士就有几十人，落葬的时候，外婆哭得几度眩晕，外公巍峨的坟墓屹立在何家大院后面的竹林里，竹叶掩映，微风飒飒，精美的坟头雕着太极图案，拜台两边摆着石狮和吞口（麒麟）。坟头朝着长江的方向，静静地俯视他的何家大院和他的妻女老小。

匪首谢麻子在外公死后不久因与另外一股匪帮火拼，受伤后被仇家追杀捕获，最后被绑上大石板沉入长江里的三龙沱，那里是川江有名的深水沱。

外公下葬后不久，曾祖父曾祖母提出分家，把偏院子分给了这孤儿寡母。从此，外婆彻底成了农妇，她背着母亲，牵着二姨，一颠一颠忙碌在田地里，春耕秋种、夏收冬藏、养猪喂羊、煮饭挑水、推磨打场。我母亲三姐妹也迅速成长，小小年纪就开始劳动，当时也有大户人家看上我外婆，托媒续弦，我外婆对媒人说：“劳慰（谢谢的意思）你们，我有三个女儿，不想给她们颈项上系绳子。”农闲时节，外婆用从她父亲那里学来的医术，上山挖草药，帮周围的村民治病，赚取微薄的收入。烟雾弥漫的栖霞宫，高耸入云的大、小鸡岭，长江两岸沿江起伏如翠屏的二十四枇杷山的山山岭岭、沟沟壑壑，都留下了外婆细小尖削的足迹。以至于多年以后，我们在帮她洗脚时，无论怎样抠她的脚板心，她都已毫无感觉。那脚板上布满了厚厚的老茧，还有纵横交错数不清的陈旧疤痕，像祖上板楯勇士们射出的尖利长箭，划向那恶霸横行的黑暗岁月。

中华人民共和国成立后，我外婆分到了何家土地继续耕种。随后大姨、二姨相继出嫁，母亲要留在家里陪外婆。外婆坚决拒绝了，坚持一个人留在马粪沱。母亲在二十世纪五十年代后期嫁到磐石，我大哥出生后，外婆才来到我家里，帮我母亲带孩子。后来，我外婆看见一家人因吃不饱而身体渐渐浮肿，就带着我大哥回到三坝溪。何家的后辈们热情接纳了外婆，并把她安排在伙食团帮厨，养活了祖孙两人。我小时候曾随母亲回娘家到过何家大院，那时已是大队办公室和十几户农家的住宅。那个百年老院子洗尽铅华，院墙和门楼早已拆除，但三进院落和两个偏院仍在。整个大院飞檐翘壁，庭院深深，青石板的地坝布满了凹凸不平的骡马蹄印和车辙印。母亲告诉我，这是何家的晒场和收租地，以前秋天的时候，总有佃农清早推着鸡公车，赶着骡马，挑着担担，把粮食运过来交租，人叫马嘶，煞是热闹。从天井望上去，只有蔚蓝的四方形天空。石门和月门把五个庭院连在一起，回廊交错、纵横曲折，疑无路处别有洞天。我和小伙伴在里面捉迷藏时也会迷路，雨天在院子里穿梭不会打湿脚。高大的风火墙上，荒草和蕨类植物在风中摇曳。大门两侧高大的石柱上刻着的楹联字迹依稀可辨——“教子孙两行正路惟读惟耕，继祖宗一脉真传克勤克俭”。大院后不远的竹林山包上有一个巨大的坟墓，母亲让我跪下磕头，说那个坟墓埋葬着我的外公，他死去的时候只有二十七岁。

外婆后来一直在我家生活。一个夏日的下午，外婆淘完猪草，猪草浸出的水淋湿了石梯。外婆正和邻居的伯娘说着话，不慎脚下一滑，从石梯子摔下去。我吓坏了，赶忙上去扶她。外婆叫我们不要动她，只见她缓缓从地上坐起，自己将摔坏的左手臂一甩，我听见咔嚓一声，外婆的手臂便恢复如初。后来她擦了几天药酒，涂了几天自己配制的草药，又没事一样重新干活儿。母亲把外婆弄到医院去检查，结果医生检查后说好了。我上初中后就离开家，外婆又被接到宜昌二姨家照顾孙子。后来外婆因为怕被火葬，又从宜昌的二姨家回到菜场的大姨家。我参加工作后，每个周末，只要不加班，我都要买外婆最喜欢吃的鸡蛋糕、最喜欢喝的麦乳精，从小河口过河到大姨家看望外婆。那时她已经八十多岁了，耳朵不好，但只要我的足音在地坝响起，她都能够听出来。我和大姨父喝酒，外婆就坐在旁边笑眯眯地看着。我走的时候，外婆总是拄着拐杖送我。有一次，她拉着我的手竟然泪眼婆娑，要留我住两天。当时我心中一阵酸楚：我那独闯匪穴、自治断臂的外婆呀！此时已是风烛残年，没有拐杖的支撑，她的小脚已无法行走。我走出很远后，还看见外婆孤零零地站在垭口的黄桷树下，其实，她那时候的视力最多看得见五十米远的地方，她是看不见我的。

不久，我下乡回到单位，内勤老吴告诉我，我表弟来找过我几次了，说是外婆病危！我心中顿时有种不祥的预感。我冲出办公室，在单位对面西门口街上买了一瓶麦乳精，沿西门口、县府街、大东门、小河口，跨过小河上的浮桥，一路朝磷肥厂的方向跑去。平时要走一小时的路程我半小时就跑到了。当我从判官桥翻上山梁，看见大姨家的地坝里已搭起灵堂。我冲到地坝坎，无声地瘫倒在灵堂前，麦乳精瓶子从怀里掉在地上，满院子都是破碎的声音……

那是一九九三年，我刚参加工作的第三个年头。

外婆的坟墓在大姨家的后山上，三峡水库疏水以后上涨的江水在坟墓外戛然而止，而她的老家及何家大院已经长眠江底。我们去上坟挂纸，正月的阳光照耀着波光粼粼的水面，层层叠叠的波浪如卷席般拍打着江岸，漫山遍野的衰草在江风下摇摇摆摆，像褐色的波浪在外婆的坟墓周围跌宕起伏，发出飒飒的声响。坟前被飞鸟衔来的一粒红梅树籽已经长成大树，开满了鲜红的花朵，回望外婆的一生，那簇簇鲜红瞬间模糊了我的双眼。

外婆小名谷雨，嫁给外公时人称少奶奶，土改分地的时候农民协会给她取名卢胜珍，四十岁才有了自己的名字。她二十四岁守寡，八十四岁去世，守寡六十年，到今天离开我们快三十年了。

四

冬 泳

进入十一月份的时候，天气开始转凉，以阴天为主，太阳也不常见，偶尔露出羞答答的身影，好似昙花一现。行走在公园里，西风裹挟着江风，带着阵阵寒意，袭击着长江边的这片被山岭合围的盆地。江边荻花在江风吹拂下，泪眼婆娑，一夜白头。黄葛树挺起高大的身躯，在风中呼啸；榕树金黄色的落叶簌簌飘落，在寒风中打旋；高大的银杏挺起干瘦的枝丫，叉向灰蒙蒙的天空。宽阔的江面上，涟漪条条延伸开来，妙曼的水纹抖抖地铺展开，像饱经风霜的老人的脸。行船掀起波浪拍打在江堤上，漫卷而来的浪花拖着长长的水纹，在平静的水面上画出一条条皱纹，从行船的航道中心向着行船的反方向呈扇形展开，一波又一波、一轮又一轮，前赴后继地撞击防护堤岸，发出“噗噗”的回声。“山围故国周遭在，潮打空城寂寞回”，似乎是大江发出的深深的叹息声。一只青桩（一种水鸟）立在江中灯靶船的灯塔尖上，紧缩身体，提起一只脚，迎着江风，白铁铸就一般岿然不动，片片雪白的羽毛迎着江风的方向蓬勃张开，如同刺猬般张开棘刺，孤单孑立，独钓寒江，岸边的游人也是紧缩脖子，加快步伐疾走。

冬天来了！

每天下午，我都会背上帆布包，里面有泳帽、泳裤、泳镜，还有一个橘红色的“跟屁虫”（一种救生设备），在薄暮中走向长江边的梯道。“跟屁虫”是一个椭圆形、橘红色的充气装置，收放自如，用嘴就可以充气，在水中的承重量大约一百二十五公斤，远远大于人体的重量，有安全救生的效果，完全不用担心沉溺。大部分泳者都具备了良好的水性，背着“跟屁虫”，预警效果大于救生功能。毕竟，在自然水域游泳，而且是长江黄金水道里，江船上下穿梭，橘红色的“跟屁虫”，在辽阔的库区绿色水域中，会给江船提个醒，告诉他们前面有泳者，虽然，绝大部分泳者都不会进入长江主航道内，最多只是在灯靶船处打道回府，但是“跟屁虫”就如同交警的反光背心，使泳者、行船、泳友都彼此有个标识，因为，在这浩瀚的长江里，一个人自身的出没太微不足道了，像针尖上的一滴水滴在大海里，惊不起一丝涟漪。

开建三峡水库之前，长江边的故乡小镇就有冬泳的人。我的家乡盘沱是川江边的一个回水沱，长江在这里拐了一个大弯，汹涌的江水泛滥出一片半圆形水面，有千亩之广，像一个巨大的湖泊铺展在古镇长江岸边。小镇三面环山，两江交汇，山麓曲敞，潴水回流，断崖千尺，水深流缓，广阔静逸的水面以及足够的水深形成了长江上游的一个天然良港。盘沱同时也是长江珍贵鱼种的洄游地，水米子、肥头、长江五大淡水鱼种青、草、鲢、鳙、鲤都有出没，长江乌龟、团鱼、江虾、江豚、大鲵、箭鱼、桂花鱼、石斑鱼、桃花鱼等等都在这里聚集，世代傍水而居的渔民在盘沱的长江沿岸放巴网，张拦网，放滚钩，沉虾笼。这些捕鱼（虾）工具必须头一天放入水中，第二天一早去取，不管是三九严寒还是大雪纷飞，都要到水中去取，有时候免不了入水，还可能在水中停留，这就是渔家的冬泳。航行在川江上的柏木船，一般沿着江边水流较缓处航行，那里一般滩多水浅，很容易搁浅。船搁浅后，岸上的纤夫和船上的人就必须下到水里，肩扛手推，长篙短桡，使出吃奶的气力，把船重新拉（推）入航道。这往往也是在寒冷刺骨、汹涌澎湃的江水中工作，也是行船人的冬泳。冬天夜晚，一些停靠在沙坝的木船，也因为晚间水退而造成搁浅，第二天早上发现后，由于本身没有什么动力的木船自身不能进入深水区，船工就必须下水去硬撑。几个船工脱掉衣裤，跳入冰冷的水中，手推肩顶，篙竿猛撑，这是停船出发前的冬泳。民国初年一个寒冷的冬日，一艘英国军舰的螺旋桨在磐石一里峡刮伤一头巨大的江猪（江豚），受伤的江猪随着江流进入盘沱牛尾石水域，泛白的肚皮仰面朝天，随着江流向下游方向移动。磐石人黄俊发现后，带着七八个游泳好手，腰系纤藤，手套抓钩，赤身裸体跳入江中，经过一个多小时与风浪、漩涡的搏击，成功地将江猪用抓钩抓住，再用纤藤拴牢江猪拖到岸边，可惜江猪伤重死亡，足足有四五百斤。小镇家家户户几乎都分到了江猪肉，成为流传至今的一段传奇往事。

看来冬泳历来就有，唯一的区别是，那时的冬泳是为了生存，现在的冬泳不仅是为了锻炼身体，还有说不清、道不明的对祖先技艺的一种缅怀！

长江自二〇一〇年实验性蓄水到一百七十五米高程以后，从当年九月至次年五月是库区的丰水时节，江面陡开，巨大的江面一直延展到山脚，青山倒映在水面上，山水一色，浩瀚无边。秋冬时节是长江江峡库区最美的季节，江天辽阔，鱼鸟相亲，一江碧水，两岸青山，随着上游来水的减少和洪水季节的过去，江水呈现一种醉人的翡翠绿，要不是因江风吹拂，船行上下，江面上波纹突兀，你可能会误以为到了高原上的青海湖。但对于泳者来说，这也是考验意志力的时候。向老师说，能够在秋冬时节遨游长江的人，一定是有勇气和毅力的人，他们把火热的身躯没入长江，将尘世的风尘、乏味、沮丧、失败、不爽、内耗等负面情绪付之一泳。沧浪之水，濯缨濯足，灌溉身躯，洗涤灵魂，还一个全新的自己，他们是平常人，更是战士。

位于长江中游黄金水道的故乡，有六十八公里长的长江江段自西向东横贯，加上四条长江一级支流，这里的人们很早就和水打交道。"北人骑马、南人驾船"，纵横交错的水流在为这里的土地带来农业生产必需的灌溉水源以外，还极大丰富了内河航运，造就了为数众多的"求水上衣食，喂婆娘娃儿"的"桡胡子"，其中包括领江轮机（驾长和开机器的员工）、船夫渔户、纤夫（拉船的人）、水毛子（守滩人）、红船水兵（官办的救生船的水手）、筏子客（放排水手）、捞（尸）匠、水木匠（造木船的工匠）、河娃（修河道的人）、舀客（滩上舀鱼的人），这些人天天和水打交道，都是游泳的好手。长江边的新津口，号称"龙船之乡"，几乎囊括了二十世纪八九十年代的龙船比赛冠军。那里的男女老少都会游泳，尤其是一个四十多岁的魏姓船工，是游泳高手，家住长江南岸的新津口，常年在长江北岸的老县城务工，一早一晚都是涉水而过，来去自如，从来不坐过河船。笔者曾经在长江边看见他顶着衣服过河的场景。他在小河口下河，很快在长江中变成一个快速移动的黑点，如同过江之鲤，在波涛汹涌的水面踏江而去，一会儿就在南岸上了岸，从容地穿好顶在头顶的衣裤，拿上烟杆，精神抖擞地朝着家的方向走去。后来他的故事还传到四川省游泳队，队里专门派人来考察，邀请他到游泳队参加集训。魏姓船工去成都后不到半个月就打道回府，被人问起原因，说是“搞不惯”，仍然在老县城务工，仍然涉江过河，成为老县城一景。

我们这里统称水上工作的人为“桡胡子”，称擅长游泳的人为“水毛子”，把游泳叫作“凫澡”。由于“桡胡子”人数众多，江边的人们都有亲人从事这项工作，我的外公也是一名在川江上行走多年的“桡胡子”，只是在库区疏水前，很少有人在冬天游泳，用资深“桡胡子”的话说：冬天的水，激人。

可是三峡水库疏水后就不一样了，水流变缓以外，水温也升高了，冬泳就变成了可能！

每年从春末夏初开始，就有人在长江里游泳。他们循着长江水位涨跌的步伐，变换着下水游泳的时间和地点。一般来说，夏天在下午五点以后，冬天在下午四点以前，春秋时节可以自由安排时间，时间跨度可以稍长一点儿。夏天人最多，可以达到二三百人，三三两两地来，陆陆续续地走。在河边的空地上，有水泥地面和石头堆积的地方为佳，那里好放衣服，也便于起水后穿好衣裤。换装的时候用大毛巾或者自制的长裙遮住身体，因为，有很多勤劳的妇女在江边洗涤，也有女同志在这里换衣服游泳。十一月过后，游泳的人会逐渐减少，到冬至过后就寥寥无几，这个时候能够坚持下来的大概只有几十人，他们就是冬泳者。能够坚持游完整个冬天，也就是坚持游完一年四季。

大约是五年前，我第一次下水，游了不到五十米就仓皇上岸，那还是盛夏的傍晚。自幼就会游泳的我第一次见识了长江的沁凉，那浩瀚的江面，行船掀起的巨浪向我扑打而来，整个江面如玉山倾倒向我扑来，人在其中，瞬间被大浪抬起又抛下，呛了几口水，愈加慌乱。此时，人在江湖的无助和恐惧感向我袭来，我急忙打道回府，回到岸边坐下还惊魂未定。让我震撼的是：那些和我一同下水的泳友，还出没于江上的波峰浪谷间，悠然自得地按照自己的节奏在长江里畅游，那些橘红色的"跟屁虫"随着他们的身姿在长江中划出一道道长长的水纹。他们在夕阳映照的江面，在万顷碧波之上，在行船掀起的波浪之间，尽情挥洒着激情。那一幕，深深地震撼了我。从此，我也一发不可收，从基本的狗刨、钻咪咕头、打凉水、侧泳、仰泳，到后来的自由泳，春去秋来，寒来暑往，游泳也随着时间变换，从春季来到了冬季。

进入十二月后，天气开始寒冷，气温骤然下降，江风也开始刺骨，江边的石梯上，以前排成一排的浣纱女只零星地剩下几个妇女在石梯上浣洗，泳者也只剩下几个。看热闹的人都穿着厚厚的羽绒服，缩着脖子，愣愣地注视着正在江边石梯上换衣服的泳者。而冬泳者又分为两大类，一类穿着胶衣（潜水服），当然要抗冷得多；另外一类还是光着身体，只是穿着短泳裤，戴着泳帽、泳镜、耳塞，在江边稍事热身后，双手交叉举过头顶，手掌相握，与身体呈三角状，然后下蹲，借助岸边的石梯，将身体弹出去，在空中向下方的水面斜飞出去，扑通一声钻入冰冷的水中。入水的那一刻，整个身体瞬间像被针蜇了一下，木然而刺骨，感觉到沁入骨髓的寒意。此时，唯有奋力向前，加快划水、弹腿、换气的频率，忍耐扑面而来的寒冷。随着频率的加快，身体渐渐舒展开来，也慢慢开始适应水温。大约五分钟以后，身体便适应了不足十五度的水温，但是此刻也不可能像热天一样在水中停止不动，因为稍加停歇，就会前功尽弃。心中有一百个放弃的念头在萦绕，甚至有时已经有了转身向岸边游的动作。太冷了！这也是不少泳者没有坚持下来的原因。我咬定必须游下去的念头，坚持再坚持，哪怕身体木然也决不放弃，只有毫不停歇地向前、向前、再向前。我用自由泳的标配动作，身体绷直，与水面平行，埋头顶水、露出泳镜上半部，提肘、抱水、划水、侧身，换气、打水，一气呵成，循环往复。游到自己预定的位置后，就马不停蹄地折返，沿着灯靶船内侧的江心一线，向下游至下一个方向。此刻，动作可以稍缓，尽情享受游泳的快感。远山青翠，近水迷茫，行船掀起的微浪自远而近，终于来到身边，此时早已不会惊慌。不远处有我的同伴，与长江数次亲密的接触早已使我们谙熟水性。我紧闭双唇，侧身接浪，享受着被江水抬起又放下的感觉，丝毫不会呛水。轮船过后，江面恢复平静，这时加快速度，经过一棵树，进入到水流湍急的长江大桥下面。百米外的靶船静静矗立在水中央，那三角形的灯塔和它红色的塔尖清晰可见。待游过靶船平行的位置，稍稍前行，然后侧过身体，对着下侧灯靶船的方向奋力冲刺。那段距离刚好近水中央，水流湍急，稍有松懈就会被流水带往下游；用力过猛又会冲入主航道，那可是行船的通道，误入会很危险，就像一个行人误入车水马龙的高速路，其危险程度可想而知。此段距离必须拼尽全力进入急流中，双臂飞快划动，双腿尽量绷直，带动身体向靶船飞速游去。此刻不再注意自己的姿势，而是努力增加划水的频率，两只手上下翻飞，身体在水的冲击力下往后退，努力划水就是要找到消除流水冲击力的平衡。终于，靶船越来越近，近在咫尺却还是仿佛遥不可及。我再次加大划水的频率，终于，在精疲力竭之时，手接触到了靶船冰冷的钢板船沿，于是，手拉住靶船的钢索，做短暂的休整。此时，水山相接，鱼鸟相亲，远山近水，都在白雾茫茫的天地间沉浮，一艘艘航船，在灯靶船外侧的江面上穿梭，可以清晰地看见驾驶台上的舵工和船铉边的水手。常年在江上行走的他们，已经把泳者当成他们的同行，看见我们时，尽量减速；甚至有一次，我抓住灯靶船的钢索稍稍歇息的时候，不远处船上的水手还扔过来一瓶易拉罐的啤酒，让我补充体力。而江面上的我，宛然如汪洋中的一叶扁舟，荡漾在这万顷碧波之上，陡然有不虞之愁：天地逆旅，百代过客，不知今夕何夕？

回程游得从容而畅快，在下游轻松漂游一段，这是整个泳程中最轻松的石刻。库区疏水后，江面水流减缓，只有我此刻靠近水中央的位置还有流水的速度，我们的行话叫“搭流水”，几乎不用什么力气，就可以随着流水缓缓行进。有时候仰面朝天，纹丝不动，看天上白云朵朵，听耳边舟楫声声，浸润着从遥远的青藏高原下来的雪融水从身上潺潺流过，感受着天高地阔的爱抚。那水有着洁净的面庞、清澈的身躯，与天地相衔的温度和沁人心脾的清凉。最冷冬日的早上，她甚至用漫江升腾的浓雾，高于岸上的温度，来拥抱这群大江上无畏的泳者。

这也是长江泳者拒绝去游泳池和水库游泳的原因所在，那难与君说的酣畅，只有亲身经历的人才会知晓！

搭上一段流水后，看到已经与石梯正对，就一鼓作气，直直地对着石梯的方向畅游，提肘、抱水，划水、侧身、换气、打腿、挥臂，动作连贯，一气呵成。这时早已适应了水温，身体也开始舒展开来，动作轻盈，划水速度明显加快。浪花飞溅中，我感觉身体在水中的移动逐渐加快，从泳镜望下去，水下一片清澈，能够清晰地看见自己手臂划动的模样；侧身换气的时候，可以观察到泳友橘黄色的身影和长江大桥巍峨的身姿。天气好的时候，侧身一瞥，山边那枚金色的太阳和它投下来的灿烂的光芒照在水面上，形成一个狭长的水汀，银光闪烁，点点耀眼。靠近岸边的时候，竟然还有一片湿热的水汽，给冰冷的身体带来一丝温暖。这时我更加快了速度，迎着岸边那些洗衣服的簌簌声，在下水时踩过的石阶上安全接地。接地的石阶上，密密麻麻的刁子鱼聚集和分散，自觉为泳者让出一条通道来。然后，我摘下泳帽，取下泳镜、耳塞，上岸换下湿漉漉的泳裤，用硫黄香皂洗洗身子，头上挤点儿洗发水，再次钻入水中，把在自然水域粘上的尘垢洗净。穿好衣服后，跑上几分钟，跑热身体，捡起加力（游泳的器材），背上背包，结束了这天的冬泳。

冬天的长江水色青翠，碧绿的江水犹如巨大的翡翠覆盖在大地之上。水面清澈，水质良好，几次不慎在中流呛水，那水还有长江水蓄水前的味道——微凉淡甜。采取自由泳泳姿时，在水下可以清晰看见划动的手臂和漂拂的水草。下水上岸的石梯上，刁子鱼的身影清晰可辨。不时有白鹭张开白色的翅膀，贴着泳者的身体飞翔，尖尖的长喙啄向水中，如蜻蜓点水般叼起一条鱼横江而去。从下水的石梯到灯靶船单边有六百米，一千二百米左右的直线距离，我游了近四十分钟，有的年轻泳友长期训练可能只需要二十分钟，当然没有人可以游成直线，有时候为了加大运动量还可以游成弧形。此时岸上温度是五度左右，水面温度为十度左右。

回去的路上照例要沿着江边慢跑一阵，直到身体慢慢发热，然后去石梯上背起背包步行回去，结束此次游泳。先前的慵懒此刻变得矫健，看着身边穿着厚厚衣服、缩着脖子的行人，我心里是满满的骄傲——此刻我只穿着不算厚的秋衣，一点儿都不觉得冷。火热的身体与冰冷的江水亲密接触，搏击风浪，亲吻长江，你给我万顷碧波，我还你红硕花朵，泳者与长江共进退、同沉浮，点燃了寒江烟火，焕发出勃勃生机，使冬日的长江不再寂寞。那些积淀在心里的负面情绪在此刻一扫而光，这时的我，仿佛满血复活一般，看见了一个全新的自我。

我的一位泳友，五十多岁年龄，我们都叫他向老师，是一位资深泳者，在长江里游泳多年，从老县城就开始游泳，感受了长江由动变静、由江变湖的过程，号称“大神”级的人物。据说他能一个咪咕头（潜水）钻过十个连接的灯靶船（那可是至少 50 米的距离）；在冬季长江疏水前的老县城江中横渡长江一个来回（江水流速快，直线距离不下一千米）；还在游泳时救起过轻生的女孩儿。但是他从来不说，别人问起来也是一笑了之。他总是一个人静悄悄地来，游完也是静悄悄地走，独来独往地行走于江边，游遍四季。他对我说：“根本就没有冬泳一说，游泳就是自然而然的过程，只要一直坚持，游过春天，游过四季，长江一年到头都是我们的泳池。”我们一起去中流击水，超越灯靶船横渡，然后一起返回，游的时间相仿，频率也差不多，就多了几次交流。在一个夏天的下午，我游到灯靶船的位置，天空突然阴云密布，不一会儿便大雨倾盆，江面上突然灰蒙蒙一片。雨点儿砸下来，水面上全是“啪”“啪”溅起的水泡，浓重的江雾弥漫。原来清晰的江岸、青山、大桥、高楼一片迷蒙，航船的汽笛鸣响，却不见轮船的身影。昏黄的江面上，波涛汹涌，四顾无人，我心里不禁一阵慌乱。这时，一只“跟屁虫”来到我身边，原来是向老师，他说：“冉弟，跟我来，我带你游出去！”原来我在大雨中迷失了方向，误入了航道，已经回程的老向又游回来接我。我们一起一点一点挨近江边，奋力游回了江岸。这时，天空放晴，长烟一空，站在码头上，回望来路，不禁后怕，原来我刚才在大雨中迷失了方向，不慎游到了航道中，那可是我们游泳的大忌，无异于去高速公路上走路，后果不堪设想。

向老师不游自由泳，也不戴泳镜，他总是用长江里传统的泳姿——打凉水，就是头露在水面上，用双臂的交替挥动和双腿有节奏地打水“滑翔”于江面，双手如同两扇桡板左右划动，绷直的双腿不时在水面划出优美的弧线，身体在水面上窜出三角形的水纹，凌波微步，翼展碧水，像一只水鸟。用他的话说，头眼必须露在水面上，才能清晰观察水面的情况，不会把自己置于危险境地，不过，他对我们在现在的库区水面洗埋头澡（自由泳）持开放态度。

后来，向老师主动约我喝酒。我们在游完泳后来到一家小酒馆，一人一个二两的“毛铺”，三杯下肚，他打开了话匣子。

原来他年轻时成绩平平，初中毕业后接替在木船社工作的父亲到航运公司工作，驾驶最早的客船往返于川东的长江沿线，是我们小时候艳羡的“领江”一类的人物。他在川江上行走多年，对长江航线了若指掌，有着与生俱来的良好的水性。后来由于二级省道和高速公路的开通，航运公司倒闭，他下了岗，到广东的一家化工厂工作多年，在一次体检中查出了严重的职业病，住院期间一度生命垂危，妻子又因故离他而去。本来身体不好的他为了排解郁闷，重拾年轻时的爱好，每天去长江游泳，同时他还上午跑步，晚上骑自行车，渐渐成瘾，到后来一发不可收，成了他的主要活动，身体状况逐渐好转，精神头焕然一新，老婆也回归家庭。随后，他从上衣口袋里摸出一份现在的体检表给我看，我一看，各项指标都已经正常了，他自豪地对我说："冉弟，真还要感谢游泳，连医生都觉得是个奇迹！"。末了，他告诉我，他观察，我的游泳技术有了很大的提高，可以安全独立地游泳。他还指出了我以后应该注意的几个细节，说这样就可以放心了。他说现在他要去女儿那里了，在广东去找点儿事情做，帮忙带带外孙，可能短时间不会回来了。他还向他女儿打听过了，他女儿住的小区离珠江不远，那里也有泳者在珠江游泳。他还告诉我，他的大伯就是那位老县城涉水过河的魏姓船工，而他救起来的那个女孩儿，就是他现在的妻子！

我去结账，他死活不肯，说我是来给他贺喜的，没有我结账的道理。我们只是约定，把游泳坚持到老，直到游不动为止。

我们在小酒馆门口告别，此时一轮明月挂在树梢，满眼都是耀眼的清辉！

在我们喝酒不到半个月后，长江上游特大暴雨引发洪灾，蓝天救援队奉命前往救援。向老师闻讯后，退了已经买好去广东的车票，义无反顾地参加救援行动。他带领救援队沿彭溪河彻夜搜救，救起三名落水群众，拦截一条被水冲走的渡船，打捞起一批漂浮物，其中就有上级指定要找到的一个记载重要水文资料的靶标。参与这次救援的，绝大部分是冬泳爱好者，他们把自己的爱好变成专业的水上搜救本领，在浑浊汹涌的彭溪河上演绎了泳者仁心的生命壮歌！

由于蓝天救援队是公益性质，队员都是各行各业的志愿者，完成救援任务后，向老师南下去了广东，没有参加后来政府组织的表彰大会。

桡胡子是长江上的一种昆虫，四肢修长，身躯短小，腿部有一个长长的倒须，牢牢地粘在水面上，能短距离弹跳飞起，以捕捉江上的飞蝇为食。阳光灿烂的日子，桡胡子一般趴在江面上纹丝不动，一到狂风暴雨，它们在漩涡急流间随江水起伏，踏波逐浪，来去自如，如滑冰运动员在水面上快速滑动，像海燕贴在浪尖上飞翔，是长江上的精灵，游泳界的翘楚。

桡胡子后来被人们约定俗成地泛指在长江上劳作的船工。

这些长江上的冬泳健儿就是桡胡子的后代!

五

跑在清晨

每天早上六点，这个沿江小城还在睡眼蒙胧的时候，我就从小区门口出发，向楼下的滨江公园走去，开始一天的晨跑。

我出了小区门，小区门口的面馆已经营业，有早起去工地的农民工、上学的学生、打扫马路的清洁工、下半夜上街揽活儿的出租车司机和工作上要求早起的人在灯光明亮的面馆里大快朵颐。淡淡的热气从面馆里飘出来，对面蒸包子馒头的早餐店热气腾腾，面容姣好的老板娘用银铃般的嗓音招呼着进出的食客。店里影影绰绰，食客们几乎都是快吃快走、扫码支付，急匆匆地赶赴各自的工作岗位。街道上还是漆黑一片，亮了一晚上的路灯无精打采地从行道树的缝隙中射下昏暗的灯光，飞驰而过的汽车掀起路上凋零的落叶，汽车的照明灯瞥见背着书包的学生急匆匆地赶往学校的身影。马路对面的猪肉店已经是灯光明亮，夫妻二人飞舞砍刀，砰砰地响，为顾客砍下新鲜的猪肉。他们的儿子拿起喷枪，为顾客喷烧猪肉，绿色的火焰喷在白色的肉皮上，滋滋地滴着猪油；还有在路边穿着反光背心的清洁工，用长扫帚在马路上扫地，发出沙沙的声响，为清晨的马路洗去污垢，清洁面容。

勤劳的人们用行动和味觉叩响了清晨的第一扇大门！

按照跑步的程序，第一公里照例是热身，按下阅跑圈按键后，手机里传出悦耳的女中音：“出发！开始跑步。”我还是热身的节奏，甩开双臂，迈出双腿，有跑步的姿势却没有跑步的速度，慢慢地跑向一百米外的滨江公园。这个我楼下的公园建于十多年前，原来是整个县城移民迁建的弃土场，由于弃土规模过于庞大，终于在江边堆积了数十万方、长达三公里的弃土。政府顺应民意，精心设计，组织施工，通过库岸整治，场坪碾压，植树造林，园林绿化，修建塑胶跑道、篮球场、网球场、门球场、儿童乐园、健身设施、亲水步道、观江平台，建立排水溪流系统，打造云江叙事微缩景观，构建石林园林系统，建造阳光沙滩，打造水上公园；建成了一边是水拍石岸、临江阪流的沿江石砌库岸，一边是跑道纵横、绿树成荫的滨江体育公园，面积达三十七点七万平方米，号称“万里长江第一园”，成为整个新县城三十三公里环湖绿道的重要组成部分，如同一条姹紫嫣红的彩带，镶嵌在碧水蓝天的长江边上，成了跑步爱好者理想的跑步场所。

三个月前，我去医院做了预约已久的肠息肉切除手术，手术前需进行一次彻底的身体检查，发现了空腹血糖已经远远超过正常值，血脂和总胆固醇也偏高，被医生判令为二型糖尿病、高脂血症。在接受过注射胰岛素、大量服用降糖药、吃少量不含糖的食物等治疗手段后，血糖一度控制到了正常水平。做完手术出院的时候，主治医生给我开了大量治疗糖尿病的药物，并且配备了甘精胰岛素注射器和相关药物，并且按照我的病情和医院的规定为我申请了糖尿病医保程序，从医学角度上判定我就是一个糖尿病人。那个主治医生，嘱咐我好好服药，没有药了就来开药，注射甘精胰岛素至少要三个月，三个月以后是否能停下来到时候复查了再说，口服药应该是要一直用下去了。

回到家里，我望着一大包的药物出神，曾经对身体素质相当自信的我此时愁肠百结，就像一只正在展翅翱翔的大雁被剪断了翅膀，一条出没江河的鲤鱼被抛上了干坡。从年轻时不到十九岁进入泸州警校学习，我就进行了系统的训练，两年的挥汗如雨、摸爬滚打送走了多少日月星辰，同时也奠定了坚实的身体素质，使得我参加工作后能够轻松胜任繁重的公安业务工作。近年来我一直坚持在长江游泳，甚至是冬季也不缺席，成为小城为数不多的冬泳爱好者。同时我也反省到，我是有酒必喝，一直喝到尽兴，游泳后饭量大增，并且吃得油腻，拒绝清淡，还一度喝上了冰冻饮料，觉得又解渴又甜蜜好喝；还在超市里买了几瓶汽水，冰冻后一气要喝掉三四瓶。结果肚子越来越大，体重一度飙升到180斤，好像近期也出现了太阳穴疼痛和失眠、口渴、乏力、精神萎靡的症状，种种身体的警报频显，而今终于爆发。显然，早年积累下来的健康资本因时间的流逝和不自律的生活方式消耗殆尽。思来想去，从来对药物有着天生反感的我决定扔掉药物，去寻找另一种替代药物的健康生活方式，尽管我不能确定这种方式是否可行，也一定要去尝试，对自己已经颓废的身体和精神必须进行一次彻底的自救！

去户外、去出汗、去减肥、去节食、去扔掉药物、去戒烟戒酒、去早睡早起、去进行一场酣畅淋漓的运动、去发动一场与身体的战争，减掉中年油腻，重塑健康体型，找回年轻的自己！

于是我就去滨江公园跑步!

随着悦跑圈女声播报的“三、二、一，开始跑步！”我开始奔跑，先是一公里内尽量慢跑，手臂快速摆动，带动脚步慢慢移动，让身体发热。通常是沿着最靠近公路的红色塑胶跑道缓缓移动，刚开始时身体僵硬，步履沉重，甚至脚板还有些疼痛，这时有数个声音提醒自己放弃，走路算了，那样要轻松许多，一样也是锻炼。凌晨的公园里静悄悄的，路灯还在眨巴着眼睛，天上的月亮还挂在清凛的夜空，只是模糊成西天的一个没有光辉的月牙，只有几个早起遛鸟的人慢腾腾地把鸟笼挂在低矮的树梢，然后三五成群地闲聊、抽烟，听鸟叫，摆鸟经，穿着厚厚的冬衣，做着慢腾腾的伸展动作。我从他们身边经过时，可以看见他们疑惑和艳羡的目光。我加快了脚步，坚定跑步的决心，告诉自己：自己定的目标就要坚持，放弃有很多理由，坚持只有一个!

随着身体热量的上升，身体慢慢发热，步伐渐渐加快，不时会碰见一些跑者从我身边掠过，带着一阵风飘然而去，还有一群跑者，大概有十几二十个人，穿着印有“两江铁人”标志的背心和专业的跑鞋，浩浩荡荡地迎面跑过来，带着青春飞洒的气息。我在原来的脚步频率上有所加快，当然是受到他们的影响，这可能就是人们说的氛围。有跑友邀请我加入他们的跑群，我拒绝了——跑步就是这样，总有人比你跑得快、跑得远，那都不重要，关键是我也在跑，也是一个跑者。一公里很快结束，用时超过十分钟，这是悦跑圈传来的女声播报的内容。我知道，应该开始加速了，于是身体前倾，脚跟后蹬，脚掌先着地，通过双臂的摆动保持身体的平衡，这样也可以调节跑步的速度。随着风声从耳旁掠过，跑道两边的树木花草有节奏地向着跑步的反方向快速地退后，晨风拂面，落叶飘零，草木的清香气息扑面而来，这是走路无法体验的快乐时刻，此时才真正进入了长跑状态。那时，路灯熄灭，晨鸟争鸣，晨曦中的公园渐渐苏醒，树丛花草中的露珠晶莹剔透，清凉的晨风随着我步伐的加快而有了和煦微凉的感觉。东边的山巅上，一竹竿高的位置，有着绯红晨曦和飞渡的乱云，那是即将喷薄而出的朝阳与酝酿了一晚上的乌云争夺东边的天际。此时是船最少的时候，江面上水平如镜，绿色江面有着翡翠流汁的美景，秋风乍起，涟漪吹散，广袤的江面如饱睡乍醒的婴儿，睡眼蒙眬后精神抖擞的模样。江边的芦苇（蒹葭）顶着一头露珠，一夜白头，像受尽委屈的美女，积累着沉甸甸的心事，那修长的身姿如刀剑般挺立，深扎贫瘠，逆风生长，百折不挠，承受着岁月的风霜雨雪，弥漫着秋冬的冷雾凛风，长成了风姿绰约、卓尔不群的曼妙之姿，与天边那冷月一起构成了“蒹葭苍苍，白露为霜，所谓伊人，在水一方”的梦幻之景。

结束了两公里的晨跑，悦跑圈播报用时六分钟，连同一公里花掉的十分钟，一共是十六分钟，此时额头上开始冒汗，步伐却愈加轻盈，身体像一只大雁，在绿意盎然的公园里飞翔，很快、相继跑完三公里、四公里、五公里，如果不延长路线，公园回转两圈也不过六公里。跑完六公里时，整个衣裳已经湿透，但是我意犹未尽，继续朝着两江假日酒店的断头路的步道跑去。一边是酒店外的红色栈道，一边是浩浩长江，步道就镶嵌在崖壁之上，有凌空飞扬之虞。江风劲吹，落叶飒飒，有着脚踩金黄、一步登天的感觉。跑道悬崖边的长江轮渡码头，隔空俯视，一波冬泳爱好者在热身后钻入冰冷的长江，飞臂击打着翡翠般的水面，荡起阵阵涟漪。那橘红色的救生球在碧水中星星点点，如盏盏灯笼，荡漾在碧波浩渺的江面上，太阳开始泼洒下红色的光辉，把大江染成醉人的颜色，冬泳爱好者就在长江母亲河的晨曦中，喋饮着晨光之汁，享受着清晨第一缕阳光，沉浮、滑行在绸缎般的水面，如过江之鲫，浪里白条！

我的精神为之一振，加快了跑动的步伐。与前边那样的氛围相比，这样的氛围更加震撼，因为我也曾经是他们中的一员，深切地知道冬泳需要怎样的勇气和毅力。

从那个断头路折回来，回到滨江公园，悦跑圈的女声播报已经是八公里。继续往前跑，身上的汗水经风一吹开始干燥，贴在身上的衣服也有阵阵凉意。最后的两公里是在贴近长江的一方，这时身体完全放开，脚步轻盈，双脚明显有腾空的感觉。江面的清风带着浓浓的水汽，周围的花草树木有着草木清香的气息，饱含负氧离子的空气给肺腑做了一次彻底的清洗，呼出的废气和吸进去的新鲜氧气在清晨的身体中循环往复，重复着吐故纳新的天地之气，使得我更加神清气爽。最后一公里，我在水上公园突出的半岛上跑了两圈儿，其间要绕过一棵树，这棵树是长在水中央的一颗黄果树。从初来乍到的干枝秃叶到而今的馥荔葱茏、绿叶飒飒，不过几年时间，我就在秋冬季节交换的时候，用脚步和汗水丈量了黄果树在水一方的秋冬季节。绿叶在西风的吹拂下渐渐变黄，而后簌簌飘落，而下面的花台里，金黄色的菊花正灿烂开放。在我经过的地方，有数不清的蜜蜂在菊花上嗡嗡地飞翔或停留。我放慢脚步，绕树一周，在氤氲的水汽中，在晨曦初放的长江上，在四面碧水的小岛中，绕树一周，然后折道返回，做最后的冲刺。

这时，悦跑圈的女声发出悦耳的声音：“您已经跑步十公里，用时一小时五分钟……”至此，我的晨跑结束了，接下来就是轻松地走上一段距离，然后停在江岸的石栏杆边，做着最为放松的拉伸和伸展动作，这是长距离跑步后必做的：把腿伸在石栏杆上，双腿相互之前呈 90 度的角度，然后身体前倾、双腿打直、头埋于双膝之间、并拢弯腰、折叠身体，循环往复，称为“弯腰”“压腿”“收腹”“拉筋”，与最初的热身动作遥相呼应，作为此次长跑的收官动作。这时，天已经大亮，太阳完全露出了绯红的笑脸，碧绿的江面变得白里透红，天边的晨曦正化身为万道霞光。树叶花草沐浴在清晨的阳光中，焕发出勃勃生机。先前那些顶着一头露珠的芦苇，在太阳出来后，像受尽委屈的孩子见到了母亲，瞬间变得仰头挺胸，一脸笑容，浑身轻松地在晨风里飘荡，弯腰起伏，在慈母般暖阳的照射下，像一个个撒娇的孩子，尽情挥洒着童年的欢笑！我也带着一身的疲惫和轻松，穿着早已被汗水浸湿又吹干的运动服，昂着满是汗水的面庞，像一个挂满勋章凯旋的战士，迈着矫健的步伐，结束了晨跑，去开始新的一天的工作！

三个月后，我去医院复查，体重减轻至 150 斤，血糖血脂指标完全正常。

现在，我还在坚持晨跑，已经可以很轻松地在一个小时之内完成十公里跑。

美国作家乔治·希恩在《跑步圣经》中说：“跑得越远，离自己越近。只有经历了痛苦和不适，只有迎接了挑战，极限才会停留在瞬间，并直观地阐释永恒。”

让我们迎风奔跑，去邂逅一个更好的自己！

六

峡江之畔

长江古称岷江，从四川宜宾到湖北宜昌是中游，主要流经四川地区，又称川江。川江全长约一千零三十三公里，其中重庆上游至宜宾的川江段称蜀江，重庆至宜昌的川江段称峡江。峡江云阳段，长一百三十六里。它西起巴阳峡，东到拖板滩，险滩密布、峡谷高切、水流湍急、漩涡密布，其险峻程度仅次于三峡地区；沿途接纳澎溪、磨刀溪、汤溪、长滩河四大支流，构成了纵横交织、一江四河的表里山河。其峰峦叠嶂、山高水长、漩涡密布、猛浪若奔，两岸青山如画屏，四季青翠如挂帘，苍劲的群山沿江排列，燃烧的落日浸红江水，悬崖百丈、断岸千尺、峡谷人家、江边古镇，如画廊般展开；梯田毗接，土地广袤、森林苍翠、飞流直下、瀑布悬帘，历史遗存遍布、名胜古迹众多。这些风物共同构成了峡江的源远流长、江边的神奇瑰丽、人民的勤劳勇敢。

江镇盘沱

从县境西部巴阳峡进入的川江水，流到磐石地界的大石盘，受到宽不及两百米、长约半公里的一里峡迫束，江水顿时汹涌磅礴，浪高水急，漩涡纵横，帆船顺流而下，犹如箭矢。从一里峡出来后，在磐石转了一个大弯，山麓曲敞，潴水横流，成为回水沱，夏秋涨水之际可以形成十平方公里巨大的江面，江水流速变缓，水平如镜，形似湖泊，在汹涌澎湃的川江独辟一隅，静水深流、吐故纳新、收放自如。这个回水沱又称盘沱，江边的磐石镇也因此成为川江上的天然良港，涨水期面积达二十平方公里，由上码头、下码头和张王庙码头组成，可容纳大小船只上百艘；枯水期面积也不下十平方公里，江边和泗水溪沿岸就是著名的临江古镇磐石。

磐石有一个从凤鸣宝华山迤逦而来的小河，在磐石张王庙与长江交汇，名为泗水溪，流向从南向北，与从西往东流的长江成九十度直角磐石古镇就沿江阪溪成一只金鞋的形状，沿着泗水溪和狮子岩的狭长冲击平坝步步升高，鳞次栉毗，巍巍峻宇，层层叠叠向狮子岩方向延伸。明清建筑的临街木板楼和四合院通过蜿蜒如蜘蛛网的青石板街相连，三宫六庙点缀其间。街道居民除了码头衍生的产业外，都从事一种古老的职业——染布。磐石古镇周围坡地广种棉花，以花色饱满、质地紧密、耐穿耐磨、质量上乘而闻名。上街有多个加工棉花的织场，用于棉花的初加工。民国时期，上街人彭孝文最先从上海购得纺织机械，在马家桥利用泗水溪的流水为动力织布，所织出的棉布虽然质地粗糙，但结实耐用，再经过各色染料浸泡、上色、点绛、晾晒、剪裁，就制成了“磐石花布”。古镇旁边的泗水溪是天然的洗涤场，每逢夏棉上市时节，勤劳的古镇妇女就着泗水溪的潺潺流水，捞脚打裤，露出白皙的小腿，把兑好染料的布匹从背篼拿出，投入长长的河沟，流水很快将布匹扯直，像一条条各色蛟龙在水面漂荡，水面瞬间被染得星星点点，染料又很快被流水稀释带走，不留半点儿痕迹。不久，沿街木楼的栏杆、四合院的晒坝、河边的空地上，晾晒着姹紫嫣红的各类染布，好像天上的彩云弥漫在古镇的天空。

秋天以后，外地客商就会乘着柏木船来到磐石，雇请担担客（搬运工），把著名的“磐石花布”装上船，运往沿江各地的商铺，成为家庭主妇和姑娘小伙眼里热辣辣的珍贵商品。

光绪年间，下江（湖北）人陶亮、陶东父子因入川经商遭遇船难事故，在兴隆滩船毁货沉，流落磐石，租房而居，重拾祖传手艺。他们开始设计一种更安全的柏木船，经过艰苦摸索，最终设计出了一种身长体宽、宽口翘尾、舱内加多个挡板、左右两侧有外肋数根、载重可达三十吨、形似鸭子的木船。父子俩还首创了竹瓢、石灰、桐油用木槌敲击制成的“桐油梁子”，然后同矬子、手锤将它嵌入船缝，如此反复多次，将拇指宽的船缝塞紧，然后用大小不一、形状各异的爪钉在连接处、受力点、板缝间死死抓紧，钉钉相连，几百上千的木板就有数不清的铁钉，这就是“烂船还有三千钉”的由来。钉子把木船连接牢固，再打上多层香腊，类似于今天电焊的作用，使得木船不渗水。船板连接得浑然一体，木板之间致密不渗水，船头设计成流线形的尖梢口，加之平底、宽腹、翘尾，船体的安全性和载重量大大提升。陶亮呕心沥血，死于造船期间，陶东继承父亲的事业，大胆改进，把船身加长到十五米。此外船身最大宽度达三米，舱深达一米，还设计有拦水板，加装船舱三至五合，桅杆上早晚悬挂红黄两色灯笼，可以在早晚和雾天航行。还设计了一个随风转动的木鸟，它脚踏活动的转盘，嘴衔长布条，可以测定风向和风力，称为“伺风鸟”，相比原来在桅杆上挂“五两鸡毛”测定风向的传统是革命性的变革。所有这些改动使得该船的安全性和载重量大大超过同时期的船只，成为川江木船的翘楚。虽然还是手工摇栌，它却早已成为川江热销的运输木船。由于该船头尾尖梢，船身宽大，形状像鸭子，人称“陶鸭子船”。陶东也因此在磐石安家落户，建立船厂，最多时造船的工匠达数百人。往来客商云集磐石，住店等待新船交货。鸭子船风靡一时，晚清鲍操水军曾经采购二十只改造的“陶船”作为水军战船，震动整个川江造船界。磐石遂以造船、染布发轫，加上得天独厚的深水港口条件，在明末战乱结束后快速发展，成为川江重镇。

从马家桥往下约五公里，泗水溪绕了一个弧形，绕过磐石老场镇，穿过平旷无垠的沙滩，在张王庙外汇入长江，这里有个渡口，人称“小友渡”，是磐石四明、凤鸣马岭到磐石的必经之路，系咸丰年间磐石人贾维德捐建，“每岁捐钱两万，雇舟子以济水涨时”。渡口长年拴着的小木船，是磐石人到马岭、四民、阳凤的捷径，这样来往行人就不必绕道马家桥，渡口对岸是磐石下码头。江水冬枯夏涨，冬天枯水期时可以踩着河里大大小小的卵石涉水而过，两岸的乡亲将货物通过肩挑背扛运输。夏秋时节河面变宽，水流变急，无法涉水，往来的客商、赶集的农户、上学的孩子、到张王庙敬香的善男信女，都是坐晃悠悠的小木船来来往往。

碧水青山，波澜不惊；水草漫漫，月色悠悠。青山翠竹倒映在清清的河水里，如同一幅山水画卷。夕阳西下，余晖化作点点金光随着艄公轻点竹篙而碎成一片涟漪，闪耀在黄昏的泗水溪上，为晚归的水鸟和忙碌了一天的农人送上一抹斜阳。清幽的大沟和浩瀚的长江如同一小一大两张镜片，镶嵌在古老的磐石镇边，航行的船只在上面悠悠滑行。这不禁让人想起晚唐那首著名的《秋夜七里滩闻渔歌赋》："……众籁微收，浓烟乍歇。屏开两面之镜，璧碎中流之月。逃名浪迹，始荡桨以徐来，咀徵含商，俄扣舷而迴发……"

小友渡的右侧水口，有建于咸丰年间的张王庙，由磐石名宿方作霖带头捐建，也是祭祀张飞的古庙。前庭后院，背山临流，规制宏伟，古色古香。张王庙除祭祀张王外兼保佑上下行船，庙里的前殿上竖着两根巨大的旗杆，旗杆上有一红一蓝两个大灯笼，是川江上最早的行船指示灯，相当于后来的航标灯。据老一辈口口相传，原来长江这一段水难事故频发，不时有木船沉没，自从修建张王庙以后，可能是张飞保佑，沉船事故减少，越传越神，香火也越来越旺，以至于上下行船的人都到此祭拜，几乎与老县城对面的张飞庙齐名。每到张飞的生日，磐石人男女老少倾巢而出，冒着秋汛，鸭嘴轻舟，斗浪推船，到张王庙进香祈福。尤其对于那些深闺妇女来说，这一天是难得的出门日，都是成群结队，笑语盈盈、鬟云高髻、衣袂飘扬，流连在秋阳高照、江风飒爽的小友渡口，使得"桡胡子"们目瞪口呆，涎水涟涟。

同治元年，长江上游发大水，暴涨的江水一直淹没了磐石下街，丝毫没有停下来的迹象，直到尾水淹到张王庙的院墙外戛然而止。磐石人大为惊骇，认为是张飞显灵，龙王爷也不敢得罪他，随后大水迅速消退，张王庙毫发无损。此后，张王庙香火愈加旺盛，受到沿河两岸的人们顶礼膜拜，成为一方神圣之地。同时没有被淹的，还有上街的关帝庙，里面供奉着关羽秉烛夜读《春秋》的坐像，后面是关平、周仓立在左右，那柄青龙偃月刀被周仓拄着。

我小时候去过关帝庙，那尊父辈嘴里心心念念的关羽坐像已经荡然无存，基座上还有残存的红蓝色残底，只是蛛网密布，坐像下面的庭院左右各植一颗黄荆树，浓密的树叶下仰望四角的天空，风火墙上的脊兽清晰如故，风铃在江风中发出梵音般的脆响。可曾想，整个晚清民国时期，遇到纠纷难以排解时，磐石人就说“我们去关庙赌咒”，不占理的一方就会泄气，很多事情便涣然冰释。

磐石老街由下街、中街、上街组成，有五个居民小组，常住人口三千多人，江边古镇，码头文化，衍生出“车、马、店、脚、牙”等七十二行。这里人烟鼎盛，住户千家，街上既有深宅大院，背街也有茅草木棚，更有船户以船为家，一家老小一年四季吃住在船上，侧身江浒岩洞者有之，无家可归栖身庙宇桥洞者亦有之，世间百态，峥嵘突兀。由于地势所限，整个古镇在三面环山、两江交会之地，呈凹口形状，岔口正对着长江，街道为南北向，背靠泗水溪，与长江成九十度角，形成了临江阪溪的格调。古镇临江是一个巨大的回水沱，形成了大江一湖，巨浸周遭，养在深闺无人识的低调存在，是一个在江上几乎看不见规模的古镇，再加上百年黄桷树将古镇重重遮挡，江上乘船远眺，人们会误以为是一个村庄。其实，这个古老的场镇在明代就初具规模，清代的时候已经是一个著名的码头，抗日战争时期随着大量下江人的涌入，甚至建起了具有现代欧式风格的浮雕建筑临街小楼，加上原来的明清四合院和前庭后院的木板楼，临街开门，屋后住家，或深巷无月，石板路长、曲径通幽、门楼高耸、别有洞天。里面四合庭院、高楼深宅、金屋藏娇，皆是大户人家。零星散落大街小巷的三宫六庙，用古老的青石板路相连，高处有梯道连接。十里长街，青石铺就，两边瓦檐相对，炊烟人语相闻。街道蜿蜒伸展，四通八达，下雨时烟雨朦胧，屋檐上的水从天而降，如千万珍珠白练倾泻而下。檐下听雨，雨中搭白，雨中的石板街湿气蒸腾，老人的叶子烟、妇女的穿针引线和孩子望着天空失望的眼神，以及飘散在瓦檐上的炊烟，是一个个对阳光的企盼。雨中的街道人影绰绰，足音跫然，一顶顶油纸伞像行走的蘑菇，盛开在逼仄的街道；高大的风火墙像一个个老去的仙女，用湿漉漉的眼神俯视着雨中的老街烟火；背街百年老树环绕，高高的树冠像一个个绿色的巨伞，树叶在风雨中飘摇。清晨的江风不燥，树梢上的云雀引吭高歌，喋饮着晨光之汁，一里峡口喷涌而来的江水，给回水沱注入源源不断的水流，瞬间又被巨大的江面熨平，形成水平如镜、波澜不惊的江面。江上百舸争流、千帆尽淌，船行上下，訇然有声，船工号子和江涛，高一声、低一声……

水毛子

水毛子是我们这个地方对于在长江里泅水，特别是春夏之交和秋汛发了以后，在长江上捡“泡合财喜”的一类人的蔑称，后来则是对占据滩头，专门从事绞滩作业，坐收渔利的一类人的称呼。这些人都有着与生俱来的高超游泳技术，峡江一年四季都是他们的求生场所。每当涨大水以后，上游就会漂下来木质的房屋框架、锅碗瓢盆、树木竹器、家具家什、牛羊死尸。这些东西好多在磐沱打转后流向下游，多年形成的不成文的规定，这些东西都是谁捡到就归谁所有，所以磐石自古以来就有一批从事这项工作的人，人们叫这批人为“水毛子”，运气好的话，水毛子可以发一点儿小财。

黄俊就是民国时期磐石著名的水毛子，他出道的时候只有十几岁，据说一个猛子可以钻出几十米远，在水里泅水可以半个时辰不露头。他还师从镖师马老爷学习过内家拳，会“点穴”功夫。

民国九年（公元1920年）冬天，一艘英国军舰停靠磐石“扎雾”——那时候川江磐石段由于上迄一里峡，下靠兴隆滩，两边高山挺拔，水流迫狭，冬季大雾弥漫，一般要近中午才消散，上下行船都停靠磐石，等云开雾散的时候再行离开，俗称“扎雾”。第二天早上十点钟以后，军舰沿着还没开雾的航线离开磐石上行，下街童家客栈唐寡妇十六岁的儿子黄俊被“呜！呜！”的起航声惊醒，揉着惺忪的睡眼睛，跑到下码头看船。

军舰离港时掀起的巨大浪花把码头上停泊的渔船和其他夜宿过路船掀得七零八落，几个较小的渔船还进了水。

那时候军舰已经到了一里峡的峡口，庞大的舰身正隐入峡口，波涛高一声低一声地接连而来，拍打着江岸，浪头正渐渐变小。赤脚的黄俊已经把船拴好，几个小伙伴也赶来帮忙，这群江边长大的孩子目送着远去的军舰，争论着这个庞然然大物要多少人才能划得动。只有黄俊的眼光仍然越过江岸渐渐散去的浓雾，盯着一里峡的方向发愣！

忽然，黄俊发现有一只白色的巨大东西从一里峡方向缓缓下流，看惯了夏天漂浮在水面的房屋骨架、门板、牲畜、大树的黄俊一时想不出那是什么东西，急忙招呼几个同伴看，大家一起望过去，只见那个白色的东西越来越大，而且往兴隆滩的方向下去的速度越来越快，黄俊猛然想起当桡胡子的父亲说过的话，长江里面最大的鱼是江猪（江豚），莫不是江豚浮上来了？他当机立断，叫“毛托”划船，他和“贱狗”“牛儿”“家和”几个小伙伴下水去捞那个白色的东西，从下码头下水，船要解缆、划动、避浪、躲漩（涡），比他们凫澡要慢得多。这些长期在长江里翻滚逐浪的“水毛子”都明白这个道理，如果不赶在白色的东西下到兴隆滩之前把它截住，就可能是空搞一场。于是，黄俊带着三个“水毛子”，腰系纤藤，赤条条地钻入冰冷的长江。岸边聚集的大人们知道，这些猴儿一样淘气的孩子去“捞泡合材”去了。照看船的“掰子舅舅”想要来阻止“毛托”开缆索，被“毛托”推开，一蒿将船撑出去，追赶自己的伙伴去了。“掰子舅舅”就赶到帝王宫，找罗保长去了，因为被“毛托”划走的那条船是“红船”，属于乡公所用的救生船。

岸边围观的人越来越多，黄俊他们搭上流水，很快在牛尾石截住了那个白色的漂浮物，原来是一只受伤的江豚，肚子上和背上有着很深的伤口，背上的伤口甚至深达内脏，黄俊他们取下套在身上的纤藤，往江豚身上套，江豚做出最后的挣扎，在江中间掀起一股巨浪，带血的水花溅了黄俊他们一脸，然后又潜入水底。黄俊他们早已见怪不怪，刚好“毛托”的船也划到了，于是，这群“水毛子”就上了船，坐等江豚自己浮上来，果然，不一会儿江豚就再次从牛尾石下面浮上来，几个人立即靠上去，把它用八字索套好。这次江豚一动不动了，他们几个就像凯旋的将军，划着“红船”，拖着已经死去的江豚，往码头的江岸靠上来。

这只江豚足足有四五百斤，因为在一里峡方向与上行的军舰相遇，被军舰的“车耳巴”（螺旋桨）划伤，被黄俊这群“水毛子”追上，江豚在做挣扎时用尽最后的力气，血尽力竭而亡。这件事情轰动了整个磐石镇，保长罗长青亲自主持，街上的每户人家都分到了一斤江豚肉。

时光荏苒，日月如梭，那时的人大都已经作古，我小时候曾经看见过黄俊这位老人，当时是修鞋师傅。他戴着一副老花眼镜，在我母亲的缝纫铺前修布鞋、补皮鞋，还卖搓草鞋，完全没有年轻时英武的模样。不过事情也有例外。一个缝场天（赶集日），我从家里去给母亲送饭，看见裁缝铺对面的国营食店围了很多人，据说是几个不良青年喝醉了在砸店，还把服务员打了。黄师傅看见一个女服务员捂着额头，哭哭啼啼出来，往下街的医院方向跑去。黄师傅叫我照应他的鞋摊，去制止那几个还在打人的年轻人，没想到那四个年轻人竟然对他动起手来。黄俊躲过一个年轻人的拳头，以我们来不及看清楚的动作把那个年轻人撂倒在食店门口。另外三个见状，撇开其他人，一拥而上，朝着黄俊拳打脚踢。奇怪的是，那些打过来的拳脚都扑了空，而且这三个人都和先前的那个年轻人一样，横七竖八倒在门口。最先动手的那个年轻人去案板上拿了一把菜刀劈向黄俊，但是刀还没落下，就被黄俊手掌击中手臂，拿刀的手无力垂下。几个人再也没有了攻击能力。随后，公社的邓部长带着几个民兵赶到，他踢了拿刀的那个年轻人一脚，对那几个年轻人说：“要不是黄师傅手下留情，你们的肋骨早都断了好几根了！”。

当时读小学的我不知怎么大腿内侧长了一个亮晶晶的肉球，疼痛难忍，走路一瘸一拐的，那肉球还在不断地长，我放学后蹒跚着走到中街的公房里，找我当裁缝的母亲。黄俊的皮匠摊正在缝纫社门口，母亲把我带到黄俊面前，对他说："黄师傅，你帮忙看一下，娃儿这个是怎么回事。"黄俊把我裤子脱下来，说是"漆荡"（伤口感染引起的结节），然后在我背上狠狠抠了一下，全身瞬间是麻酥酥的感觉，说时迟，那时快，他用另外一只手飞快地抓住我长"漆荡"的大腿内侧，用力一捏，一阵木然的微痛传遍全身，但很快那个肉球就消失了，黄俊吐了一口口水，涂在我长"漆荡"的位置上，然后叫我穿上裤子。奇怪的是，我一下就好了，不像当时来的时候那样一瘸一拐的了。我又一路小跑，到学校上课去了。那是二十世纪七十年代中期的事了，那时候黄俊已经六十多岁了。

二十世纪八十年代武侠片兴起，看过黄俊打斗场面的盘沱人都在争论黄俊到底会不会武功，他"一对四"的打斗场面根本没有《少林寺》好看，因为你还没有看清楚，就已经结束。也有热血青年后悔为什么不早一点儿跟他练功夫。

后来听大人说黄俊年轻时是袍哥里的"青花红棍"，在乡公所当过"乡丁"，在磐石伤兵医院做过"看护兵"，中华人民共和国成立后由于成分不好还被劳改过，后来在川江上当"桡胡子"和"水木匠"，老了在街上修鞋。他会治疗跌打损伤，他用在我身上的那个叫"点穴"。

黄师傅后来在一场轻微的疾病中故去，他孤身一人，无儿无女，母亲给他做了一件"寿衣"，公房里的其他人一起凑钱将他埋在了松树岗。

那时候是二十世纪八十年代初，我已经去凤鸣读初中，没有送黄师傅最后一程。

守江人

在磐石古镇东侧，和下岩寺隔江相望处，有一处巨大的江滩“……广四百丈，长六里。阻塞江川，夏没冬出，基亘通渚”（郦道元《水经注》）。据专家考证，这处江滩生成于距今两亿年左右的白垩纪晚期，长达三点五公里，总面积四平方公里，风浪吞吐、水石相搏、风雨侵蚀、大江冲刷，形成了千奇百怪、如梦如幻的自然奇观，是长江造化成的石雕侏罗纪公园。

这就是石板林——磐石人永久的称谓。

石板林滨江而下四公里，从盘石镇镇西沙坝一直向东延伸到马岭，其精华部分在前面三公里，有石钟、石锣、石鼓、牛尾石、万年巢、关塘、野鸭滩。这些景点夏没冬出，天然巨石，首尾相连，甚至相互重叠，其间就是广袤的长江石林。石林里的鹅卵石，现在被称为长江石，我们本地人叫作石板儿。它们大小不一、形态各异、色彩斑斓，尤其是浸泡在水凼中的小石子，在阳光的照射下金光闪烁，熠熠生辉。

记忆中的石板林最著名的景点是巨石中部的石钟、石鼓。《寰宇记》也讲到这处胜景：“夔州东乡西北岸壁间，悬二石，左类日，右类月，名曰日月。”《民国云阳县志》载：“在城西六十里盘沱。中流耸石，水落时，堆积成山，其迤然朝对市阛者，削壁方正，高十余丈，阔两丈有奇，未审何时一分为二，有二圆穴。相隔尺余，空围各八九尺，周环光莹，约七八尺厚，一如铜锣、一如巨鼓之未施皮革者，故咸以石钟、石鼓之名。”老家人叫它“盐罐石”。这里亦是磐石人的乐园，尤其是春节，男女老少，相携同游，鱼贯而入，爬石玩耍、捡心仪漂亮的石板。这里也更是孩童们捉迷藏、放风筝的娱乐天地，孩子们甚至还会带上丰富的食材搞野炊。

我小时候也常常攀爬进“盐罐石”去玩，用随手捡起的长江石敲打洞壁，锵然有声，传播良久。从洞内远眺长江，只见江水浩荡、波涛汹涌，从天际向我涌来。浪拍岩石底部，巨石连绵、大小不一，水风吞吐、沟通澎湃，高声鞺鞳、下声呜咽，如怨如慕、如泣如诉。盐罐石旁边，有一巨石直直延伸，直抵江面，如河马饮水，过往船只，从罅隙中来，俨然可手引其帆。旁边又有经过江水冲刷打磨光滑的两块巨石，下厚上薄，薄薄伸展，形似雄鹰展翅。这两处后来被切割，迁运到新县城的滨江公园，成了现在公园里的“鹰马石园”。

倘若从盐罐石下来，沿江边行走，就会看到一望无垠的鹅卵石。由各种长江石组成的卵石阵，平铺蔓延，豁然伸展。长江石铺满脚下，长二三公里、宽四五百米，层层叠叠不见底。卵石大小不一、形态各异、错落有致、色彩斑斓，有的细如米粒，有的大如竹筛；有的雪白如玉，有的漆黑如墨。世间万物，波澜再现，花鸟虫鱼、大地星辰、飞禽走兽、日月山川，都会于小小的长江石纤毫再现。大自然的鬼斧神工，寥寥数笔，任何一个天才画都会家望尘莫及！

在石板林的尽头，江边簇拥着一大片石林，几十、上百块石头立在江边，经过亿万年江水的冲刷洗礼，如今用固态的形式再现了川江的波澜壮阔。那些石头全部是波浪的印记，表层是漩流冲刷成的千奇百怪的形状，底部留下了波浪的印记——石浪，层层涟漪被固化下来，铺展成浪花的样子；上部圆润光滑、高低错落、长短不一，在冬日暖阳的照射下，熠熠生辉，如美人出浴、烈焰盛开、珊瑚出水、猛兽下山，似海豹探头、大象漫步，似雄鹰展翅、河马饮水、犀牛望月。万里长江，终有这一处，而且是唯一的一处，大自然用它独特的方式，留下了川江的模样。磐石人同样也赋予了它一个形象的名字——“万年巢”。

石板林不仅有瑰丽的自然景观，而且还有丰富的人文历史。据《后汉书·南蛮西南夷列传》记载，我们最早的祖先是母系氏族，结网捕鱼，熬盐狩猎。石板林是公元前三千五百年盐水女神部落最早的栖息地之一，最有力的证据就是牛尾石岩画和石板林数不清的石斧、石刀和青铜工具。牛尾石岩画就镌刻在牛尾石朝向石板林的方向，单线阴刻，细腻写实。它通过最原始的岩画，展现了我们祖先在此地打鱼、狩猎、居住的生活场景，生动形象、栩栩如生。如今，这幅岩画的水上部分，保存在云阳三峡文物园中。除这幅岩画外，还有散落在石罅隙和石板林中的石斧、石刀、石纺锤以及青铜弩机，无声地诉说着那段辉煌的文明史。抗日战争时期，为了阻击日军可能利用川江航道发起的对重庆的进攻，国民政府江防司令部在磨盘寨设立夔乌要塞区，在石板林右侧的秦家梁子和对岸的下岩寺设立炮台，配备大口径火炮，随时准备轰击可能溯江而上的日军舰船。日军飞机还数次飞临磐石，轰炸设在磐石的用于收治抗战受伤士兵的磐石伤兵医院，无奈此地三面环山，一面临水，日机飞来后不敢低空飞行，只能高空投弹，大部分炸弹落在石板林的江滩上，把石板林的一些江滩炸出一些弹坑，炸塌了万年巢的一些槽石。直到几十年后，我们还看见了那些陈旧的弹痕，成为日本帝国主义侵略中国的铁证。

在石板林的尽头，长江的南侧，对着万年巢的方向，有一个一千平方米的深水塘，号称十二匹腊蔑打不到底，人们把它叫作“官塘”。它是由江水夏涨冬退后形成的一个堰塞湖，每到冬季退水后，碧水蓝天，朵朵白云倒映在湖面上，波澜不惊，水平如镜，与澎湃的江水形成鲜明的对比。而由江水带进来的长江肥头儿、鲢巴浪、水米子、翘壳儿，游弋其间，往来翕忽。渔民们撒网捕鱼，收获颇丰。据史料记载，峡江沿线上百口官塘长期由封建政府把持：“县吏先鱼，以供官厨；始由民取，盖累朝之旧制也。”在官塘边还设立有禁渔碑，明为保护，实则画地据为己有，定为官家私有财产。直到中华人民共和国成立后，这块宝地才回到人民的怀抱。每当年末岁尾，男女老少齐聚官塘，欢声笑语，鱼儿蹦跳。村集体组织村民统一捕捞，按人口比例统一分配，多余的渔获卖给水产公司和供销社。

官塘下面是著名的野鸭滩，数不清的白鹤苍鹭屹立在岸边的江滩上，时而在波涛起伏的江面扑腾飞啄，猎取鱼儿为食，那嘎嘎的声音响彻滩头。还时时有数百只野鸭成群结队而来，在此产卵下蛋。嘎嘎叫的野鸭漫天飞行，有序降落，白茫茫一片，天地相连，形成巨大的鸟阵，蔚为壮观。野鸭们时而又飞往牛尾石下游的江滩，迤逦排开，在江边觅食，于是磐石人将这江滩叫做野鸭滩。我儿时和小伙伴儿常在野鸭滩的罅隙中“捡石板柴”，当时不知道为什么那些罅隙中有那么多的木材，光滑圆润，长短大小不一，一般要用铁制的带尖梢倒钩铁钎子瞄准时罅隙卡着的木材桶进去，然后拉拽出来，放进背篓。晒干后，那些木柴极易燃烧而无烟，是煮饭的好燃料。有时，我们用拾掇的石板柴烧烤食物吃或者给冻僵的手脚取暖。记得有一次，我们捡完石板柴，只见一条登陆艇从下游上来，我们清晰地看见船上的船员，于是我们齐声高喊：“一领江、二领江，三领江的屁眼痒，四领江是个咬卵匠！”话音未落，一条被登陆艇巨浪惊起的长江鲢鱼掠出江面，径直飞到我们面前的石槽中，我们蜂拥上前，捉住了这条大鱼，足足有七八斤。

那个年代的船多为木船，其实我们捡的石板柴，绝大部分是川江沉船的残骸，那时的川江，惊涛骇浪，而磐石上接一里峡，下迤兴隆滩，漩涡密布，暗礁纵横，帆船稍有不慎，就可能触礁沉没。川江“桡胡子”（船工）就是过着浪头出没、步步惊心的日子，一旦发生事故，只好葬身川江喂鱼，而沉船就解体，木材因水流嵌入了石罅内，就是我们后来看到的石板柴。那些散落在滩上大大小小的圆洞，是船舶的船头驾长用篙竿撑船留下的印记，船行上下，探水路、避风浪、躲漩涡、搏激流，在那个纯粹靠人力的时代，篙竿就是方向和雷达，保证着一船人的安全。那些篙竿洞，小的直径寸余，大的数米，那些星星点点的篙竿洞要多少年、多少代的船工们用勇气和生命与大江搏斗才能形成已不得而知。

牛尾石对着的那一片石板林有着数不清的层层叠叠的长江石，其中有一些白色的石板可以用来烧石灰。那里就有一个石灰窑，每年冬季长江退水以后开始点窑火，次年夏天长江涨水以后就闭火封窑，如此循环反复，生产出来的石灰用船运走，用于沿河两岸建筑刷墙和其他用途。在长达半年的退水期，石灰窑一直点火燃烧，而胡子嘎嘎就是那个时期唯一在石灰窑边看守石灰窑的人，他的工作就是随时观察燃烧火力的大小，添加或减少煤炭，还给窑子加水祛火，保证其达到烧石为灰的恒温，那样才能生产出白如雪、软如棉、黏如蜜、轻如烟的上好石灰。因此，胡子嘎嘎就有半年时间居住在临近长江、紧靠石灰窑的一个石屋里。那个石屋由五款直立的石板构成，三四米高围成一圈儿，用羊毛毡覆顶部，里面有十几个平房的空间，放着胡子嘎嘎的床铺。那张床是一个天然的石板，似龙船微张，上面简单铺了一层稻草，稻草四周是胡子嘎嘎捡来的用长条形石板材做成的铺板，铺板上面就是床单铺盖，床头上放着一个带着灯罩的煤油灯。还有几件换洗衣服用来御寒保暖，两张渔网用来捕鱼，还有筒靴、电筒、火柴，煮饭在窑子里完成，上厕所用最环保的江水冲刷。几捆叶子烟是胡子嘎嘎的精神食粮。一根长长的铁钎，像梁山好汉的钩连枪一样，尖尖的钎头被磨得锃亮，上面有倒钩。铁钎的后面是一个圆环，上面系着一段麻索，一到晚上就倒插在石屋的沙地上。钎标上面有细细的凹痕，是胡子嘎嘎自制的测量工具，他用来观察水情上涨下落的情况，用他自己的话说：没有这个东西，就不会知道江水涨落的情况，如果是夜晚发“淘浪”，搞不好就会被瞬间上涨的江水冲走。

当然，胡子嘎嘎的铁钎还用来捡石板材，用做鱼叉，还用来防身和驱赶盗贼。有一次，他在石屋外的江边放网，凌晨听到响动，就提着铁钎出去，果然是一条大鱼被网在里面，由于体型巨大，正要挣脱渔网逃脱。胡子嘎嘎的铁钎脱手而出，像一枝长枪划破夜空，稳稳地扎在那条鱼的背脊上，在江中鼓起一阵血泡。胡子嘎嘎攥起铁钎尾部的索子，把鱼拖到岸边，是一条二十斤左右的“鲶巴浪”，长江里面最凶猛的鱼之一，有着锋利的牙齿和坚硬的颚骨，以吃死鱼烂虾甚至“水打棒（长江里人的死尸）”为食。它没有鱼刺，头大身长，青身白肚，力气大，咬合力强，一般的鱼钩根本奈何不了它。它可以长到几十上百斤，是如水中猛兽一样的存在，能捕获它绝对是一个“桡胡子”技术和胆量的象征。

可惜胡子嘎嘎这次英武的叉鱼过程我没能看见，那时我在上学，但是他让人给我带信，让我放学后去他那儿吃鱼。我放学后跑到石屋，看见了那条还插着铁钎的“鲶巴浪”。

那年暑假，我到胡子嘎嘎的石屋住了一晚上，做了一回守江人。晚上江风呼啸，脚下渗进水石相搏的浪花，从屋子的罅隙钻进来的风寒冷潮湿，好像转眼就要进入冬季。我吃完一条“水米子”鱼，出屋小解，月明星稀，北斗眨眼，一弯上弦月挂在杨家山山顶，正好勾勒出那根黄葛树枝丫交错、活力四射的剪影，像一个倒写的“人”字，巍然屹立在遥远的天空。江对岸的下岩寺灯火迷离，梵贝诵念声在江涛的急流声中细若游丝。一条夜航船溯江而上，探照灯正照在观察窑火的胡子嘎嘎的方向，他蹲在石灰窑边，一边是澎湃的江水，一边是暗夜的窑火。胡子嘎嘎像一个黑色的青桩，在江火辉映的石板林滩头孑孑独立。

他仿佛知道了我要小解的意图，瓮声瓮气地对我说：“猴儿，走远一点儿，不能对着下岩寺，也不能面朝长江。下岩寺的燃灯菩萨正在保佑川江走船的“桡胡子”，不能污焉（冒犯）他老人家。也不要把江龟惊吓到了。”

我一颠一颠地跑到官塘边，按照胡子嘎嘎的要求解决了问题。

我的前方几十米处，两只五斤左右的江龟在银色的月光下，拖着长长的足迹，去官塘产卵后返回长江。两只江龟一前一后，摇摇摆摆、左顾右盼地向水边爬行，回来的时候还不忘掩盖自己的足迹，那刨动沙砾的沙沙声，窸窸窣窣，淹没在巨大的江涛声中。

我伏在那块如屏的立石后，静静地目送这对精灵返回长江。一阵排浪翻卷，浪花冲上岸边十几米，随后退去，江龟随浪没入长江，沙坝上的龟迹被波浪熨平，仿佛什么事情都没有发生过。

在不久以后，在不为人知的某一个夜晚，这对江龟又会回来，带走他们的儿女，胡子嘎嘎说，江龟特别灵敏，为了避开危险，他们不得不选择在黑夜里活动，有人也知道，所以胡子嘎嘎的铁钎还有对付那些对江龟觊觎的不法之徒的功能。

喔！我的胡子嘎嘎是一个在川江上行走了四十年的老“桡胡子”，尽管现在他不能上船了，可他还是心系川江上的“桡胡子”和川江里的那些生命，他是在石板林上唯一的川江守护人！

七

坪上纪事

坪上是原磐石老街的上街出头那一片，位于大梁山和杨家山两山夹缝处的梯形地带，西高东低，下宽上窄，土地肥腴，物产丰饶。西边的狮子岩陡峭如削，狮头直抵长江边的覃家梁子，成为翼带坪上脊梁，居民多环狮子岩而居，因地势较高而又相对平坦，故得名“上坪”，而本地人俗称“坪上”。大梁山形如屋脊，身似长龙，从枫门坳穿云驾雾而来，直抵长江边，长十多公里，一直横亘到长江边的狮子岩，成为大梁上的尾翼，如同一头千里跋涉的雄狮，面对着长江天堑跃跃欲试，终因无能为力止步于此，物化成石，蹲守长江边，岁岁年年，故名狮子岩。杨家山高耸入云，陡峻高峭，与大梁山平行，从凤凰岭笔直向北，犹如一幅绿色画屏，挡住沿江西上的风霜雨雪。暴雨时节发山洪时数条白练从山顶直冲山脚，瀑布高悬、跌宕撞击、轰然有声，响彻大沟两岸。瀑布之水汇入山脚下蜿蜒流淌的泗水溪。大梁山、杨家山、凤凰岭三座大山和长江、泗水溪两条河流形成了独特的U形盆地河谷气候，冬无严寒，夏无酷暑，成缓坡地势，西高东低，缓缓而降。高的部分为向阳缓坡，高峻而宽阔；低的部分为大沟形成的冲积平原，狭长而平缓。从高耸入云的大梁山主峰狮子岩到杨家山下面的大沟，是上千亩的坡地和梯田。大沟和狮子岩龙井沟的潺潺流水为此地带来了丰沛的水源，一条十多里的堰沟把大沟上游泗水溪的流水引入，为坪上的梯田提供了灌溉保障。肥田熟地、稻麦飘香、五谷丰登，一处处青砖黛瓦的农家小院点缀其间，皆是绿树四合，老树虬根，有几百户之多。在坪上一处院坝外有一扇濒临倒塌且爬满青藤的老式石门，檐额上有“源远流长”“耕读传家”等字样，为晚清光绪年间大户人家的楼门。不远处田地里还有数座半圆弧形石雕古墓，高台土包，柏木森森。坟头石雕刻精美，配以脊兽，刻有“万世佳城”“长眠青山”等文字，写有死者生平、生卒年月、儿孙姓名、铭文墓志。拜台左右三步，整个墓葬似太极图，具有寓意“中三步，大太极”的明清墓葬特征。这足以说明此地在很早以前就是人间烟火浓厚、人丁兴旺之地，隶属于磐石镇的永兴、永安、龙安三个村，是江南有名的鱼米之乡。

一

永兴寺位于大梁山狮子岩和赤峰山之间的山洼里，始建于明万历年间。寺庙松竹丛密，环绕周阴；赤莲山峙其右，狮子岩踞其左，长江蟠空于外，是一个山水形胜之地。大殿三层，节节升高，有石板路相连。这石板路皆开凿于险峻山石之间，迤迤逦逦，犹如仙境。清康熙年间，高僧禅郢云游至此，见地势雄盛，气象清幽，盘桓不忍去，遂带领徒众对寺庙大加修葺。经过数十年后，禅寺气象为之一新，号称南乡第一名刹，足以振兴禅宗，故名“永兴寺”。整个佛寺依山而建，精巧玲珑，祥云环绕，大殿居中，前后各有一殿，后殿最高，可俯视长江，门头有禅郢手书“地灵人杰”匾额。大殿旁边各有一偏院，在左边偏院后的荒草丛中，修建有一条密道——飞鼠硐，穿大梁山而过。洞内有一大厅，石桌石椅，传说为禅郢打坐辟谷之地。整个洞蜿蜒曲折，仅能容一人侧身而过，不知其深几许，据说直通万州何家石板。

二十世纪七十年代，龙安村一吴姓狩猎人，在一个炎热夏季的晚上，牵着一条猎狗，身上悬挂着自制的手电筒、装火药的牛角，提一把火药枪上狮子岩打猎，在荆棘丛中发现了一只野兔。猎人举枪“砰”的一声射向野兔，野兔受伤后钻入一片草丛。猎狗扒开血迹斑斑的草丛，已不见野兔的踪迹，但意外发现了一个山洞，猎人纵狗追击，猎狗进去后悻悻而返。猎人不甘心，带着猎狗亲自进入。洞内蜿蜒潮湿，仅容一人蹩身而进，约莫一百米左右，撞入石厅。石厅几十平方米见方，四壁光滑，顶部钟乳悬挂，犬牙交错。大厅内有方形石桌。四方有鼓形坐凳。桌边石壁边上有石龛，石壁上凿有弥勒诸佛内群像，手掌大小，栩栩如生。神龛上燃着一盏长明灯，那只受伤的野兔端坐在石桌上，用绿幽幽的眼睛瞪着猎人，狩猎人大为惊骇，急速而退。他回来告诉了坪上的一帮伙计（发小），大家结伴前往，已不见洞口。大家以为他胡说，而猎人信誓旦旦，拿出那晚上穿过的胶鞋，上面还沾有野兔乌黑的血迹，当即赌咒发誓。此事成为笑谈，便不了了之。

我疑心这件事情是真的，后来也找猎人确认过这件事情，他也对里面的长明灯是谁人所点而百思不得其解。我甚至动了要重新寻找飞鼠硐的念头，但因俗事所牵，至今仍未成行。虽然永兴寺早已不复存在，但是遗址地点是每个年长的坪上人都知晓的事情，从中华人民共和国初期至今，磐石镇一直被称为永兴乡、永兴公社，现在还有永兴村。

可惜这位大哥已经故去多年了，县志上至今还有关于飞鼠硐的记载。

二

响泉洞位于大梁山主峰狮子岩的半山腰，相传为嘉庆年间坪上人童文美率众开凿，历十数年成洞，广十余丈，可容百十人，内有涓涓细流叮叮咚咚地入石池中，岩壁上刻有“响泉石室”遒劲有力的大字。此洞是为了躲避战乱期间袭击而修建。洞距离地面上百米，其上岩壁如削，左右陡壁无路，下面亦为陡岩，要上去只有搭梯结绳。后来洞内开设私塾，凿羊肠小路通达，直至后来废除科举制度，停办私塾。响泉洞鲜有人迹，多少年就这样悬在石壁上，偶有路人经过，也是仰望而已，虽不能至，心向往之。

幼年时候的一个夏日，我同七八个小伙伴结伴而行去洞内捡螺丝，用来喂家里的鸭子，便从半山腰的羊肠小道攀登上去。只见下面悬崖，陡壁悬空，双腿战栗，险些滑倒。此时天气突变，狂风骤起，天空乌云密布，陡然昏暗，电闪雷鸣，随即大雨倾盆而下。我们躲进洞内，石破天惊，巨雷震动得洞壁发颤。电光闪闪，洞内石壁上神龛台上的油灯灯光飘忽明灭，几尊石雕佛像越发恐怖威严，其中一个身穿铠甲、头戴金盔、油面黑须、横眉怒眼、手柱双鞭的武士神像尤其使人发怵。神像和真人大小一样，全身饰以五彩云纹，衣袂飘飘，头冠巍峨，足踏祥云，极像连环画里的二郎神。特别是一个炸雷闪过，那双圆睁的怒目似乎盯着我们，睥睨威严，斜视众生，神圣不可侵犯的模样。我们只好相互拉扯，缩在石洞的一角，低头下眉，不敢正视，光脚的足趾相互搓磨。此时进退不得，明显感觉到同伴们的身体在颤抖。地上长条形、方形的石头东倒西歪，据说是前人们学习时用的桌椅，真不敢想象先人们在这里读书是一种什么样的情形。唯有那细若游丝的清泉汩汩流淌，洞里可见清澈见底的水池，几只螃蟹蛰伏不动，任凭风雨雷电，丝毫不惧。

骤雨初歇，白云半山，远眺群山如泥丸，长江似玉带，远村近树，烟雨缥缈，有隔绝尘世之观。洞内，长明灯又稳稳燃起，神龛上的菩萨愈发光彩夺目，已是一派慈眉善目的模样。那尊武士神像，亦像一个凯旋的将军，身上有些脱落的朱砂漆，证明是很早就供奉的一方神圣，在长明灯黄色光焰的照射下，神像愈发显得生动庄严而平易近人。顾不得欣赏美景，我们对着神像叩头出洞，对打搅神灵的洞天福地深深致歉，然后一溜烟儿跑下山去。张姓同伴在路上摔了一跤，膝盖撞出了血，据说是在洞内壁上摸到几个螺丝，拿了神龛供桌上的几个供果。这件事情当时我们没问，他也没说。后来问了算命的胡子嘎嘎，答曰："你们这些小猴儿，那些神位是高老爷从永兴寺搬出来的，开过光，念过咒，度过亡魂，镀过金身，武士为叔宝（秦琼）像，是门神，你们要悖时得！"

胡子嘎嘎说的高老爷是坪上有名的大地主，拥有覃家梁子到狮子岩下面的大片土地，晚年一心礼佛，是晚晴民国时期磐石一带显赫的人物。

前不久闲暇时我又去了一次响泉洞（现在叫千佛寺），当年的景象已荡然无存，神龛和佛像早已不见，洞壁上的字迹早已消失。我望着这些用现代材料塑铸的佛像，兴趣索然。一条水泥路修到了洞口下，登几十步石梯就能步入洞内。一条铁水管伸入洞内，人工修了一个水泥池子，一问，说是洞内出水早已干涸。而我那张姓小伙伴，已经是千佛寺的管事，正津津有味地给零落的他们讲解香客在神像前抽到的竹签，一副高深莫测的模样。

我没有打扰他，也许他没有看到我，他太忙了。我转身离开，脑海里满是那个夏日电闪雷鸣、大雨滂沱时的那个响泉洞，洞内那个手执长鞭的叔宝神像和他威严的眼神，以及在危如累卵的洞口边眺望长江的情景。真是：桃花流水窅然去，别有天地非人间。

三

邻居唐大哥，初中毕业后跟着他的父亲去长江当“桡胡子”，起先是推木船，拉纤索，当水木匠（造水木船）。二十世纪七十年代后期，他在机驳船上当水手，其中最为重要的一项工作就是绞滩。那个时候的机驳船配备的动力是功率较小的柴油机，马力较小，在逆水的时候遇到大滩根本就上不去，需要把钢索抛上滩，由滩上的水毛子（守滩人）套桩固定。水毛子是船舶上的水手对他们立绞架占据滩头，坐地分赃的一种蔑视称呼，上滩之前一般要用石头绑上现金扔上岸，他们才会接缆索套桩，好在那个时候滩费不是很贵，所以是小马力机驳船上滩的唯一选择。

有一年寒假，我乘船去老县城的大姨家玩，回来时带着大姨为我们做的过年时穿的布鞋在老城沙湾河坝等船，刚好碰见了唐大哥。他邀请我坐他上班的“云双 8 号”机驳货船回磐石，船员多为坪上人，当时他们正在给机驳船上货，正好是给我们坪上的磐石酒厂装运高粱。我高兴地答应了，走上高高的木跳板上船。船身约二十来米长，前面是船舱，占据了整个船只的大部分，船头上有一个可以转动的绞盘，绞盘边沿有着深入绞盘的孔洞，后面是机舱，机舱前面是船员休息室，从机舱后面的铁梯子爬上去，就是驾驶室和厨房，里边简陋而紧凑。简易厕所和洗漱在同一处。唐大哥告诉我不能随意走动，待在船员休息室里，因为一会要“绞滩”了。

不一会儿，满载高粱的船起航了，往上游的磐石方向驶去。出县城后水面较为平缓，船稳稳前行，浪头打在船头，溅起一片浪花，船头随浪高翘。为了保持平衡，唐大哥他们又下到货仓，把高粱一袋一袋往前搬。过三坝溪的时候，他们开饭了，问我吃不，我说不饿，心里嘀咕着：中午刚吃完，怎么又要吃饭？只见他们蹲在甲板上，把一盆儿菜放在甲板上，津津有味地吃了起来，还不时观望水情。

船过马岭的时候，江面明显变窄，两边山上的水又从岩壁上冲下来，与长江水相碰撞，发出巨大的轰鸣声。船上的人开始忙碌，机房开始加柴油和机油，舵工也加大油门，船员都去了船头安装缆索，检查绞盘，准备绞棍，戴上手套。那昏黄的江水像一锅沸腾的黄汤，船小心翼翼地行驶在旋涡、鼓泡、回水、礁石中，与江水搏击，鲸吞、交织、回响，机器的轰鸣声，水流的澎湃声，船员的叫骂声在这里混成一团。尽管加足马力，但这条船就如同一条几近瘫痪的老牛，干吼着却寸步难行，不得已横过南岸，贴着断崖千尺的江岸缓缓爬行。

马岭滩到了！

马岭滩在川江之中原是不知名的小滩，那些川江有名的险滩经过二十世纪五六十年代大规模整治后已经不复存在，那些马力大、动力好的船只因为安装了大功率的汽油发动机，可以轻松上滩，而对于我们这艘柴油动力的小机驳船来说，真有蜀道难的感觉，何况现在的马岭滩，已经是川江有名的险滩！船试图冲上去，但最终没有成功，只好作罢，不得不借助盘踞马岭滩的水毛子。

滩头上的水毛子早已把这一切看得清清楚楚，他们知道生意来了，主动来到滩头，接洽起绞滩业务来。由于都有约定俗成的价格和行规，简单交流后，用一块石头绑上一百元钱，由唐大哥挥臂扔过去："给，拿去给你幺妹缝个窑裤。"随后唐大哥又把缆索抛向岸边，水毛子接过后，几人拖起钢索上了滩头的索桩固定点。船上的六个水手把铁棒插入绞盘，蹬起八字脚，随着船的机器轰鸣，唐哥一声令下，大家一起用力推动绞盘，绞索渐渐拉直，发出咔咔的响声。唐哥是绝对的主力，其他都是两个人推动一根绞棍，而他却是一个人。在冬天的长江上，在悬崖陡壁的江边，在汹涌澎湃的江上，在凛冽的寒风中，他只穿着衬衫，"嘿作！嘿作！"地推动着绞盘，步履越来越沉重，吼声越来越低沉。柴油机冒出浓浓的黑烟，那根原来看起来很粗的缆索被拉得笔直，咔咔声越来越响，甚至有细细钢丝断裂的声音。一个浪头劈过来，船身剧烈地颤抖，船尾部分开始左右摇摆，而船没有向前移动半寸。我站在船舱里，身上完全被浪头淋湿了。我愣愣地看着，担心船会退下滩去。

关键时刻，船长走出驾驶楼，叫上炊事员、轮机员和我，一起奔向船头。我站在唐大哥身边，握住冰冷的绞棍，用力推动，船长和炊事员也加入了另一边。我们在唐大哥的指挥下，发出最后的怒吼："一、二、三！"浪头一个接着一个打过来，冰冷的江水扑向船头，那根缆索横亘在断崖千尺的滩头，摇摇晃晃，咔咔乱响。岸上的水毛子也拼尽全力，嘿作嘿作的吼声和我们船工的号子声此起彼落，回荡在川江的马岭滩上空……一九七九年的那个冬天，坪上的汉子们上演了人定胜天的壮举，而我，有幸见识了这场以命相搏的战斗。

随着唐大哥一声“上滩了，松盘”，“云双 8 号”机驳船摇摇晃晃地跃上了险滩，缆索开始松软弯曲。水手们收起缆索，船上的轮机开始松机，轮船的舵工把船稳稳地渡过了马岭滩。水手们精疲力竭，个个仰面朝天，横七竖八地倒在甲板上喘息，衣服和身体上的水还在流淌……

后来唐哥对我说：“以后你不要坐我的船了，万一有事，我不晓得怎么跟你爹妈交代！”

我后来才知道，当时要是退下滩去，机驳船很可能会被大江吞噬，后果不堪设想！

后来唐大哥一直在川江上行走，把儿子带到船上学习干轮机工、舵工的活儿，现在是万吨级船舶的船长，用的是雷达导航，电脑自动控制，船员室像五星级宾馆，工作和生活环境条件得到大大改善。

现在的唐大哥居住在坪上，在自家的小院栽花养草，含饴弄孙。我有时去他家的小院晒太阳，他家的小院背靠狮子岩，面对大青山。大沟的水由于三峡疏水一直涨到了院子外，院子外早已是一平如镜。宽阔的大沟湾口成了一个定点的船舶停靠点，几十艘货船在此等待过三峡船闸，他的儿子也不时驾驶万吨巨轮停靠在那里。院子内繁花盛开，蜜蜂去来，十几个蜂箱整齐地摆放在院坝坎上。我们沐浴在冬日暖阳下，聊的都是养蜂和游泳的话题。

谁都没有提起马岭滩。

四

坪上一带，农民有种植榨菜的习惯，榨菜是芥菜的一种，实大皮薄，短根果圆，磐石人称“瓜儿菜”。上面长有绿嫩的叶子，蓬勃生长的叶子下面就是肥硕的瓜儿菜，它的叶子是做咸菜的原材料，果实就是做榨菜的原材料。原本只是农户的家常菜，每年冬末春初是瓜儿菜的成熟季节，农家小院的妇女开始忙碌，先是去地里把瓜儿菜连根砍下背回家，然后用猪草刀剃下油绿茂盛的叶子，晒干后抹上盐，再用透水的纱布包好，压上石板除水，压榨后晾晒在绳子上。一直晒干后装坛封存，储存一段时间后，是坪上农家上好的美味菜肴，香脆可口。小时候，我们捉迷藏钻入晾晒咸菜的绳子下面，偷偷拿上一片，塞入嘴里，好有滋味，嚼劲十足，回味悠长，十分好吃。腌菜还是评价妇女们手艺的标准呢，总是说，东家的美味可口，西家的不合口味。

制作榨菜比腌菜的工艺要复杂得多，一般的农妇由于场地、手艺、佐料等限制，只能做简单的加工，其味道并不出众。制作榨菜很讲究，要经过选料、剥皮、抽茎、晾晒、腌制、踩池、起池、拌料、装坛、压实、封口等工艺，环环紧扣，缺一不可。二十世纪六十年代末，磐石供销社旗下的磐石榨菜厂成立，七十年代红火一时。该厂凭借得天独厚的自然地理条件、精益求精的加工工艺，以坪上优质瓜儿菜原料为主生产优质榨菜。后来扩大到整个磐石镇都掀起瓜儿菜的种植热潮，从磐石河坝广袤的沙滩石板滩为晾晒场，经过十多道工序生产出来的榨菜名躁一时。从七十年代中期开始，磐石榨菜厂承接出口创汇业务，生产响当当的名牌产品。

每到年末岁尾，瓜儿菜开始成熟，农人们开始把去掉叶子的瓜儿菜装入箩筐，挑起桑木扁担，天不亮就开始行走在坪上周边的小路大道上，形成一条挑着瓜儿菜的长长人流，遇到行人，喊“扁挑戳背哟”，行人便避让一旁，给挑担人让出道来。挑瓜儿菜的人到达磐石河坝后，排队过称，然后爪儿菜被分给以家庭为单位的剥皮小组，这些剥皮小组的人大都是磐石街道的居民和周边的农户。剥皮量虽大，但操作简单，仅需一把小刀即可。剥皮实行承包制度，在保证修剪质量的基础上以剥皮量计酬，街道居民几乎倾巢而出，从榨菜厂收购的瓜儿菜中按照自己的工作量领取瓜儿菜，剥皮后交回去，按照斤两计酬。直到收购榨菜结束，每天都剥，前后近一两个月的时间，可以挣得几十块钱。在那个年代，这可是一笔可观的收入，可以支撑家庭很长一段时间的开销。剥皮抽茎的瓜儿菜由榨菜厂雇佣的小工用篾条穿好，一串一串地晾晒在用木棒和纤藤绑好的巨大的三角形晾架上。最多的时候，晾架达到二三十个，从远处望去，磐石河坝的瓜儿菜晾架如同一条条绿色的长龙，横亘在长江之滨宽阔的沙滩上，在江风的吹拂和暖阳照射下，十天半个月爪儿菜就会除去水分，达到室内加工的要求。而这期间，整个磐石下街都笼罩在瓜儿菜的香气中，那香味清香馥荔，沁人心脾，成为那个年代磐石人的馨香记忆。

瓜儿菜进入室内加工环节，经过码盐、踩池、淘洗、剥茎、下料，加入精心配制的辣椒粉、花椒面、胡椒面、八角、食盐、料酒，最后再装坛、封口，才能出品为榨菜。那个时候，榨菜基本上都是外销，二十世纪七十年代中期，接到出口业务，磐石榨菜厂正式成为国家确定的出口榨菜生产厂家之一。在此基础上，该厂又进行了大规模技术改造，加盖厂房，增加踩池机等设备。在政府的鼓励下，农户又扩大了生产规模，瓜儿菜的种植面积从坪上延伸到整个磐石镇和九龙、革岭、马岭和江对岸的双江等地，种植面积扩大了数十倍之多。

磐石坪上人冉瑞华，二十世纪六十年代末开始任榨菜厂厂长，最早的厂房是废弃的龙王庙，随着生产规模的扩大，又陆续加盖了厂房，冉厂长和工人们一道抬石头、糊砖墙、挑砖，生病感冒也都守在工地上。生产很快步入正轨，最为艰苦的工序是踩池，他总是带着工人们穿着雨靴，亲自下到腌制盐池里，一遍又一遍地在三米高、一百平方米见方的池子内来回踩踏，为的是使盐味进入到瓜儿菜里均匀入味。为了使踩池不留死角，他把工人分为几组，排好队，唱着《咱们工人有力量》等歌曲，来回踩踏，一干就是半个晚上。尤其是起池时，他用手在盐池里一捧一捧捞起腌好的瓜儿菜，红肿的双手满是裂口。忍着被盐水浸泡的疼痛，都顾不上休息，他又监督下一班的工人们操作。后来购买了踩池机，工作效率提高，劳动强度才得以减轻，卫生条件也得到提升。年近五十岁的冉厂长就这样日夜忙碌在榨菜厂里，既当指挥员又当战斗员，沙哑的喉咙和匆匆的脚步在榨菜厂厂区流连，每年大年三十他也是在厂里度过。

每到这个季节，外地货船停靠在沙坝边，工人们扛起百余斤的榨菜坛，稳稳地走向货船。女同志背着扁背篼，把榨菜坛横绑在扁背篼上，拄着十字架形状木棒做打拄，便于歇口气，小心翼翼地行走，把一坛坛经过十几道工序加工出来的榨菜完好无损地背上船。货船上的水手按照出口和内销两个品种装船。长长的沙滩上，一路留下了装船搬运工人豆大的汗滴和勤劳的足迹。一排排整齐停靠的木船、机动船、大货轮，每当扬帆起航，汽笛鸣响出港时，狮子岩就像一位耄耋老者，默默目送他的儿女远行，于是，磐石榨菜就通过人们的肩膀和货船去到沿江各个码头，甚至飘洋过海，成为千家万户餐桌上的佳品。凝聚着坪上山水田地灵气和磐石人心灵手巧的磐石榨菜，就这样来到千家万户的餐桌，成为他们冬日舌尖上的美味。

一九七八年九月，全国干果展销会在无锡举办，磐石榨菜和涪陵榨菜同时获得金奖，载誉而归的冉厂长捧着奖杯在磐石下船时，鞭炮齐鸣，受到工人们的热情接待。面对着前来迎接的一百多位工人师傅，冉厂长说："这个金奖是大家智慧的结晶，大家辛苦了！走，加油干！"

一九八二年，冉厂长退休，在榨菜厂干管理工作十几年，能够将一个小作坊扩展成全县最大规模的磐石榨菜厂，他真是不易呀！

后来，时代变迁，终于没有熬得过岁月，磐石榨菜厂在二十世纪九十年代停产。冉厂长也于二〇〇七年因患食道癌去世，他临终的遗言是将他的骨灰埋葬在狮子岩的放牛坪，面向他奋斗过的榨菜厂方向。他曾经的榨菜厂早已沉睡在浩瀚长江的烟波中。

冉厂长，他是我的父亲！

八

世界上我最尊敬的那个男人走了

父亲冉瑞华，一九三〇年冬月二十日出生于云阳县盘石镇坪上。九岁丧父，十四岁时从磐石乘柏木船到万县，在杨家街口最大的绸缎铺“昌鑫源”当学徒。那时父亲草履粗衫，浓眉大眼，用半升黄豆的价格乘坐柏木船溯江而上。之前，我唯一的大伯因“加入袍哥会”而远走他乡，于是，我年幼的父亲便以三年初小的学历，用幼小的身躯，背负着冉家的全部希望，开始了他一生的远航。

二〇〇七年一月二十九日上午，住院半年多的父亲忽然从昏迷中醒来，让母亲叫我到医院。当时我正在四十八槽山上调解一起因赡养老人而引起的家庭纠纷：一个大家族，六个儿子，却让老人住在四壁透风的工棚内。整整几个小时的苦口婆心，终于让这个持续数年的家庭官司有了一个较圆满的结局，老人由大儿子接回，由几家轮流赡养。下山的路上，在众多的感激声中我才想起要给母亲打个电话，询问父亲的病情。同行的村干部告知这里是手机信号盲区。当我赶到医院时，父亲已不能说话。我们父子俩双手紧紧相握，相对无言。窗外，大雪纷飞。骨瘦如柴的父亲无力地向院坝投去最后的一瞥，巷道上纷沓的脚步声伴随着医生的吆喝声。他们在进行最后的救治。当各种管子要插入父亲羸弱的身体时，父亲坚决地摇了摇头，拒绝了最后的救治。我颤抖着在病危通知书上签下了自己的名字，单子上写着："患者冉瑞华，食管癌转移，肝腹水穿刺，不进食十天，全身癌细胞扩散，呼吸衰竭。"我知道，父亲已到了生命最后的关头，正忍受着难以想象的疼痛。我伏在他耳边说："爸，你要是痛就叫出声来吧。"父亲不言，一滴老泪从眼角溢出。我平生第一次，也是最后一次看见父亲流泪。

下午四时，父亲去世，没有留下任何遗言。我们姐弟四人伏在体重已不足六十斤的父亲身上，号啕大哭。

中华人民共和国成立那年，父亲已是十九岁的小伙子了。五年的学徒生涯，他练就了撕布的绝活儿，无论是土布、洋布、染布、绸缎，只要一到他手上，不用尺子就能按照顾客的要求凭双手撕下，不差分毫。又凭较好的旧学基础，父亲写得一手漂亮的毛笔字。当时，解放军西南服务团在西山公园培训干部，穷苦出身的父亲也参加了学习。两个月后，当上级通知合格的学员随军挺进大西南时，孝顺的父亲托人带信给奶奶，问是否可行，被奶奶一口拒绝并要他马上回磐石。

多年以后，我和父亲闲聊谈到这事，问他是不是后悔。他说："后悔什么，哪里都是干革命工作！"回到磐石以后，父亲就进了供销社的前身——合作商店，挑起担子下乡，工资是每月大米三十斤，后来又加入中国共产党。一九五八年时，父亲已经是供销社的经理。那一年，党号召全体干部下乡支农，公社一个姓周的文书想找父亲赊一床蚊帐，坚持原则的父亲坚决予以拒绝。那文书怀恨在心，趁一个下乡栽秧的时节父亲感冒没能参加，一个电话打到县革委会，诬告父亲不参加劳动，还翻出早已和我们家断绝关系的大伯曾参加过国民党三青团的旧账。一切都还蒙在鼓里的父亲被通知到区公所开会。在走入会议室的同时，全县的高音喇叭都传出了对父亲不参加劳动、政治历史不清的通报。会上宣布了对他的处理决定：开除党籍，开除公职，以观后效。父亲呆若木鸡。受了委屈不言说的他，回到老家，帮我奶奶经营一个染布作坊。

半年后，了解父亲的一个老战友、在公社当书记的刘叔叔找到父亲，让他回供销社工作，参与组建磐石供销社。父亲又从营业员、保管员、门市部经理一步一步地干起。一九六八年，年近四十岁的父亲开始受命组建磐石榨菜厂。上级给他的只是一个叫东王庙的破庙，父亲接手后，一干就是十多年，把一个最先只有十几个人的小作坊建成了全县最大的榨菜厂。该厂产品在一九七八年无锡参加全国干果展销会上获得金奖。那一年我在读小学一年级，在盘石码头亲眼看见了公社组织的腰鼓队迎接父亲的情景：父亲身穿中山装，胸佩大红花，抱着一个奖杯，在各级领导的簇拥下下了船。父亲！那时你看到了什么？磐石河坝十几个巨大的榨菜晾架挂满了数不清的瓜儿菜，江风吹来，瓜儿菜的香气弥漫整个河坝。下码头停靠着大大小小十几艘等待转运榨菜的货船，一坛坛印有“盘石榨菜”的出口榨菜被搬运工人肩挑背扛，从厂区运到船上，然后随船扬帆起航，直到漂洋过海，为国家创造外汇。一百多名工人师傅系着围腰，自发地站在河坝上迎接他们的厂长。可父亲下船的第一句话却是：“你们不去干活儿，站在这里干什么？”

一九八二年，父亲退休，从榨菜厂厂长的位置上卸任。本来他还不到退休年龄，因为二姐的工作问题，只好如此。从此，整个坪上的婚丧嫁娶、逢年过节的对联和祭帐挽联都由我父亲免费书写。他甚至能用手沾墨汁写出漂亮的指书。供销社的领导多次登门要他发挥余热，指导榨菜厂的工作，都被他婉言谢绝。他开着一家小商店，卖农村日常生活所需的茶米油盐、针头线脑，小本经营，童叟无欺，生意并不怎么赚钱，赊账也从不催要。母亲甚至埋怨过他，他却很洒脱，说人家有了钱自然会给。有一年寒假，半夜被敲门声惊醒，来人是榨菜厂的，说发生了群众哄抢榨菜厂物资的事件。这是父亲在位十多年没有过的事。父亲立刻起身，母亲叫我陪父亲一起去。在榨菜厂，只见几十名群众将晾榨菜的纤藤点燃，高举着火把要往厂里冲。父亲跳到一张桌子上，大声道："我是冉瑞华，不管发生什么事，你们这样做是不对的。要是你们非要往里冲，那就从我身上压过去！"全场哑然。火把逐渐熄灭，一位老人说："冉厂长，今天要不是你，谁也拦不住我们。"父亲并不回答。平息事态后，只是对我说："走，我们回去。"

原来父亲退下来后，榨菜厂经营日益困难，拖欠农民的瓜儿菜钱迟迟没有给付，农民来讨要的时候发现榨菜厂还在大宴宾客，说是接待上级领导，加上后来的领导态度简单粗暴，引发了群众的不满。

父亲去世后，曾在父亲手上做小工、现在已经是供销社领导的王叔叔对我说："你爸在榨菜厂创造的产值，比整个供销社还多。别的不说，光厂房就移民补偿了两百多万。"

是呀！当初父亲是从一个濒临垮塌的古庙开始办厂，十几年时间加盖了厂房、办公楼、仓库、宿舍、晾晒场，添置了踩池机、传送带和运输船。在整个建设期间，父亲吃住在工地，连除夕也不回家。他和工人们一起抬石头、砌砖、踩池、搬运，既当指挥员又当战斗员，感冒了还拖着病体在厂区流连。

两百多万啊！父亲，可您自己却拿着不到一千元的工资，看病的医药费也无从报销。多年积劳成疾，您只是买一些便宜的头疼粉、穿心莲治病。您一再坚持不住院，是怕给儿女们增加负担。当查出癌症后我们一直瞒着您，您却心里明白，天天喝着廉价的中药，吃着难以下咽的稀饭。在您病后的岁月里，我甚至没能带您回一趟老家，去马家桥钓一次鱼。我们总以自己忙，脱不开身为借口。我们真的就那么忙吗？

二〇〇七年腊月廿六，下了年前最后一场大雪。父亲去世四天之后，我们扶着父亲的灵柩回老家。山路陡峭，一路泥泞。雪花伴着寒风扑打在我的脸上，泪水和雪水粘在一起。我们送您上山。在放牛坪的最高处，我们来安葬您。这里，您可以俯视磐石，可以看见您的儿女们居住的新县城；最重要的是，能看见您的榨菜厂。虽然，榨菜厂已全部淹没在长江之下，但我知道，您能看见它。因为那里有您的汗水、辛劳，有您不懈的追求和那么多无悔的岁月，那是淹没不了的……

今天是正月初五。我的书案前摆着父亲的遗照。那是去年六月，已查出患有癌症的父亲被我们送到三峡医院，多年没照过相的父亲硬被我们照了一张相。他当时坚持要照合影，要和他的孙辈们一起照。我说："爸，您一个人照吧，以后我们再给您照合影。"父亲若有所悟，不再坚持，于是照下了这张带着微笑的照片。照片中的父亲身体消瘦，精神矍铄，面带笑容。我不知道那时他在想什么，但是有一点可以肯定，他的微笑是发自内心的。他这一生，跌宕起伏，少年清苦，中年坎坷，老年应该是最幸福的时候，却又染上不治之症。人生的悲苦也大抵如此。

父亲是个平常的人，和大多数老年人没有什么不同。只是太多的不平常却造就了一种平常的心态。遥望江南，父亲也在放牛坪山上微笑吗？他没做过官，榨菜厂厂长是一个苦营生，只是一个带班的头儿。他也没有钱，去世前几天领的工资只有九百三十七元，却还惦记着给孙子们发压岁钱。但是我知道，他留给我们太多太多的东西。甚至留给我们谜一样的人生。任何大喜大悲他从不提及。关于他早逝的父亲——我的爷爷，一个四海为家、医术精湛的中医，是否死于万州的那次日寇飞机轰炸？我的奶奶，在美国人开办的福音堂做杂工，在爷爷去世后带着年幼的您和大伯讨饭，是怎么度过那段艰难岁月的？那次没能成行的西南服务团远征，那毁掉您一生的诬告……您生前都只字不提。许多街坊邻居、农人居民、侄男侄女都在您的灵前恸哭，不是您生前布下的秋风，怎会有今天的漫天大雪？

爸，如果有来生，我们真的愿意再做您的儿女。因为做您的儿女我们真的很幸福。我们还没有和您过够，您知道吗？爸！我还想问清楚许多缠绕在我心头的疑问……

真的有来生吗？

九

故乡的黄葛树

一九四三年夏天的一个中午，那时我的父亲年仅十岁，在大沟的河湾和奶奶一起漂洗蓝靛染布。饷午时分，当他和奶奶各背着滴水的染布沿着大湾田坝往位于坪上的王家祠堂的家里走去的时候，从坪上传来了当当的敲锣声，奶奶说：“幺儿，我们去岩洞躲一下，东洋人的飞机又来了，他们又来炸医院了。”我父亲刚刚和奶奶走进下岩洞，眼尖的父亲不顾奶奶的警告，在洞门口朝着天上打望，就看见三架飞机从杨家山山顶上向磐石飞过来，嗡嗡地响，盘旋一周以后，投下来几个黑点，飘到下河的石板林方向去了，随后在河滩上发出几声闷响。飞机然后抖抖翅膀，扑腾腾地往下河方向飞去。

一年前，为了就近安置在鄂西会战中受伤的伤员，远迁江津的后方陆军医院迁往磐石，并在奉节设立分院，那个王姓院长看中了我老家坪上王家祠堂、张家老屋、凉水井、响泉洞一带的地盘，在地方保甲的协助下进行了征用。被征用的王家祠堂和张家老屋那两千平方米的院落位于狮子岩山麓，面对杨家山下泗水溪的狭长谷地。院落是三个青砖黛瓦的四合院，有四棵百年黄葛老树，蓬勃伸展的树枝和密密麻麻的树叶连成一体，像一片被春风染绿的白云覆盖着这片山脚下的院落。从狮子岩往下看，几百名伤员的医院被完全屏蔽，周围的高山深谷又使得飞机无法俯冲。尽管有汉奸传递谍报，日军飞机数次投弹妄图炸毁医院，但是由于医院隐蔽在黄葛树的浓荫之中，且为投弹死角，始终毫发无伤，用精通堪舆的胡子嘎嘎的话说：“此地为巨龙开口，三狮吐珠的‘龙须’之地，天降祥瑞，祛邪驱魔。”而那三棵黄葛树就是他讲的“龙须”。

家乡在长江边的一个小镇，有着几百年的建镇史，明代就有“盘沱市”的称谓，是川江有名的水运码头，临江阪溪，街瞿若望，商贾云集。一条泛着岁月光影的石板路从码头蜿蜒直上，串联起上、下码头和十里长街的门市商铺，连接着大街小巷的土墙人家和茅草破屋、三宫六庙的翘角高檐、烽火高墙，一直延伸到小镇周边的田野村庄。小镇上有着几十棵百年树龄的黄葛树，老树虬根，须数人才能合抱，高达几十米，远远高于那个年代的房屋。从远处眺望，亭亭玉立，郁郁葱葱，碧绿色的树冠如华盖点缀在古镇的房前屋后、溪边路旁。绿树掩映中，青砖黛瓦的小镇随风浮动，若隐若现，从江上远眺，仿佛一幅移动的水墨山水画。

《舆地纪胜》中说：“夔州东北，岸溪有树曰黄桷（葛），其叶似桂稍大，茎干粗壮，团栾荫数亩，悬根露爪，蜿蜒交错，古态盎然，夔州之梁方最多。”故乡属于夔州府管辖，为“夔州之梁方”。可见黄葛树很早就已经在沿江河谷溪涧广泛栽种，尤以重庆、四川、湖北等地最多。据《岭南采药录》记载，它的皮、根、茎、叶都是上好的药引，把它晒干焯水，泡酒喝或放到煎水里洗浴，可治风湿骨疼、扁桃体发炎、臁疮、眼结膜炎；把叶子捣烂敷于患处，对跌打损伤疗效明显。取黄葛树叶以醋蒸之，可治疗陈年骨痛，具有祛风除湿、清热解毒、消肿止痛的功效。

黄葛树的特性是什么时候栽种，什么时候落叶，小镇的黄葛树都是年末掉叶，初春发芽，夏天生长，整个盛夏秋冬都顶着一冠绿叶，在明月清风中飒飒飘响，秋冬季节为小镇抵挡住溯江而上的寒风。那些叶子呈椭圆形，绿得发亮，翠得碧绿，上面有着细长的脉络，所以即使掉落也是完整的一片，绝不可能被风雨撕碎，在落叶萧萧的时候仍然有着金黄色的背影。沿江地带，冬季寒风刺骨，江风萧瑟，黄葛树撑起巨大的身躯，张开绿色的桂冠，迎接寒冷的西风，在如江涛般怒吼的寒流中，昂头抵挡住寒冷的肆虐，庇护着小镇的黎民百姓、父老乡亲；夏季的小镇潮湿闷热，酷暑难耐，唯有黄葛树下才有一片清凉，于是在夏日午后或者黄昏，总有居民和等船的人坐在江边码头的黄葛树下，享受夏日难得的清凉，抽起叶子烟，呷上一口老鹰茶，天南地北的“日白”（吹牛）。晚上凉风习习，黄葛树下人影绰绰，夜语呢喃。江上的夜航船经过，探照灯射出的长长光柱扫过黄葛树梢，透过树叶的罅隙，照射在墙壁老檐上，形成斑驳的光影，光怪陆离、如梦似幻的影像，白天看的小人书上的侠客义士、妖魔鬼怪、八戒悟空就会在梦中赫然再现。

听长辈们讲，黄葛树蓬勃生长的地方要听得见水，能吹得到风。难怪黄葛树总是长在溪沟边、山梁上、长江边、瀑布旁，所以临江阪溪、溪流纵横、人烟稠密的江边老镇，一定有黄葛树墨绿的身影。人们总是享受它的绿荫清凉，依靠它遮风挡雨，抵御酷暑严寒。黄葛树又称雀树，树上有黄葛泡花和黄葛圆果，为鸟儿提供了丰富的食物。树枝低处有麻雀、蜂鸟、点水雀，中间树杈上有鸪天、乌鸦、地麻雀，树梢上时有斑鸠、布谷鸟、野鸡和长尾锦鸡栖息。群鸟啁啾，往来不息，筑巢繁衍，甚为热闹。清晨，树梢上总会有一两只斑鸠立在枯枝上，俯视大地，仔细搜寻猎取目标；一旦发出咕咕的叫声，就立即一个俯冲，叼起食物，再扑棱扑棱地飞上高高的树梢，躲进它的巢，衔起食物喂养它的儿女。偶有长尾的锦鸡和美丽的布谷鸟，远道飞落树梢，在天空中划出一道绚丽的弧线。锦鸡总是立在树梢的独枝上，在清晨朝霞初露时静静孑立，瞭望漫天彩霞，喋饮着晨光之汁。农人们称布谷鸟为“豌豆包谷”，五月它们总在黄葛树树梢对着河滩的麦田引吭高歌，古老的“阿公阿婆，割麦插禾”歌谣宛转悠扬，飘散在河湾上空，久久回荡。每到黄昏，鸟儿归巢，麻雀叽叽喳喳闹林，像是催促农人回家，直到炊烟升起才安静下来。

黄葛树树叶层层叠叠密密麻麻，油亮光滑，微风一吹，长椭圆形的树叶哗哗作响，六月骄阳也无法穿透它的浓荫，只要一走近它，便顿感凉爽，于是树下成了盛夏人们纳凉休闲的好地方，时常聚集一群群乡亲。小镇码头的茶馆门前正好有一株巨大的黄葛树，等船的旅客、劳作之余的乡亲、摇着蒲扇的老老少少都聚集在茶馆里外，听评书和“磁庞庞”（竹琴），讲小镇外稀奇古怪的事，里里外外甚为热闹。窗外大江东去，上下行船汽笛长鸣；江风吹拂，树叶沙沙。人们或站或坐，享受着清凉悠闲的逍遥，好似神仙般度日。夏日午后，我们一行五六个小伙伴儿会从家里偷来篾刀。在黄葛树的根部砍上一刀，红色的树屑外翻，流出乳白色的液体，这就是我们说的“黄桷浆”，是粘蜻蜓的重要原料，粘在竹签上就会立刻凝固。我们拿着插有粘了黄桷浆的竹签的干苞谷秆，流连在田埂上、地坝边、堰塘坎、沟渠边去粘蜻蜓，有时会把黄桷浆粘在衣服上，免不了被父母责骂，但是第二天依然如故。黄葛树下总有一群小姑娘在跳橡皮筋，口中唱着："黄葛树、黄葛丫，黄葛树下是我家，我家有个小姑娘，名字就叫马兰花……"那纯真的童音犹如天籁，成为那个年代的流行歌谣。

黄葛树由于树干粗壮，一般不用双手抱树、双脚下蹬的攀爬方法爬树，而是脱掉鞋袜，用赤脚紧紧贴住黄葛树蜂窝状的密密麻麻、凹凸不平的厚皮，借助老树树干细细的罅隙和凹凸的密密麻麻的树疙瘩，往上攀爬，类似于登山，但风险远远高于登山，因为你实际上把自己陷入进退两难的九十度陡壁，而且谈不上任何保险措施。但是你一旦爬上凹凸不平的树根部，上面就是枝丫密布、左右延伸的枝条，还被密密麻麻的黄葛树叶覆盖，所以我们也会冒险上树去掏鸟窝、玩儿捉迷藏，搬下枯枝当柴烧。而上树的方法也是更加奇特，通常是后退一两丈，脱鞋，然后瞄准稍微平缓的树根，跑步冲刺，利用身体的惯性上树，抓住事先观察好的抓合点，"嗖"的一下就蹿上了最难爬的树根部，然后抓住树杈，左右攀缘，如猿猴一般消失在浓密的黄葛叶中。这种爬树方法被大人们称作"跑树"，是我们那个年代峡江少年都会的爬树方法，只要能够跑上光秃秃的树干部分，抓住上面一点枝丫横张的树枝，上面的攀缘就容易得多，即使是跑不上去，还可以倒退回来，有时候跌倒、划破手脚也没有关系。二十世纪三十年代，我大伯远走鄂西，参加红军，在汪营枫树丫中了敌人的埋伏，遭到土匪的追击。在土匪放出的猎狗即将追上他时，他嘴叼双鞋，赤脚"跑上"一根巨大的黄葛树，在上面躲了两天两夜，其间他近距离听到来不及逃走的战友被敌人残酷虐杀。蜷缩在黄葛树上一截被雷击形成的树洞里的大伯一动不动，靠吃黄葛蔸和树洞中的野生菌活了下来，直到危险解除后才下来逃走。

死里逃生的大伯脱险后在黄葛树下长跪不起，幼年练就的“跑树”技艺帮助他奇迹般脱险，他朝着大树深深地磕了三个响头，从此一生对黄葛树充满了敬畏！

洪河溪边，有一条古老的步道，从江边一直向大山深处延伸，宽约一米，从江边一直延伸到川鄂交界的齐耀山深处，是南边三条盐茶古道其中的一条，乡人也从此乘舟，码头就是著名的洪河溪码头。在离码头不足两公里的山坳处，号称“七棵黄葛树”的地方，小桥流水，溪流淙淙，七棵古老的黄葛树相传为程德全的祖父程超之先生手植，每棵树相距不足数米，树根交错缠绕，枝丫伸展交织，完全成了一个你中有我、我中有你的整体，巨大的绿荫覆盖着这片稍微平缓的石板路，遮住骄阳。这里一边是浸润着流水青苔的崖壁，挡住江风；一边是怪石嶙峋，那石头成了行人的座位；中间是一条直通长江洪河溪码头的石板梯道，是一个临江阪溪、避风遮雨、候船歇息的休憩之所。

现在七棵黄葛树还剩四棵，依然扎根岩堑，拔地参天，如华盖宝顶，浓荫如故，挺拔如斯，保佑着远去的游子鹏程万里，又保佑他们平安归来。

在磐石到凤鸣的石板山路上，也有两棵挺拔的黄葛树，一棵在双河口左侧半山腰处的崖上，另一棵在永兴黑桃坪的观天梁上。这条山路是不通公路的那个年代从磐石到凤鸣的必经之路，这两棵高大挺拔、浓荫蔽日的黄葛树由下到上被称为第一、第二棵黄葛树，是行人的天然客栈

（休息地）。二十五公里石板路、马家桥、黄葛树、观天梁和陡步梯，见证了我少年求学的时光。从老家到第一棵黄葛树，路程较为平缓，黄葛树虬枝高张，朝着双河口方向肆意伸展，哗哗的流水声伴着树叶的婆娑声，留下一方清凉。我一到那儿就甩掉外衣，坐在树荫下，享受清凉，开始短暂的休整，为接下来翻越山坡做准备。一条被磨得发亮的石板路沿着山腰蜿蜒直插凤凰岭上。稍事休息后，我背起装有一周的粮食和咸菜的背篼，继续向山上跋涉。随着石梯的步步升高，脚步越来越沉重，呼吸越发急促，挥汗如雨，豆大的汗珠从头流遍全身。多少次想放下背篼歇息，但抬头看见山梁上那棵黄葛树，仿佛正向我挥手打召唤，只要一到这棵黄葛树就意味着胜利在望，很快就会到达学校。于是我立即鼓足劲儿，加快步伐前行。当峰回路转精疲力竭时，终于近观到那棵黄葛树的尊容，只见它清瘦孤傲、苍劲有力地斜张在石梯路边。我犹如醉醺醺的酒徒，瘫倒在树下，顿时如释重负。一阵阵清风缓解了我的疲劳，恢复体力再启程。此时下午过半，西风渐起，斜阳西挂。云海苍茫中，黄葛树叶沙沙作响，仿佛催促我振作上路。于是我又打起精神，背起背篼，开始最后一段冲刺。赶到学校时，已是华灯初上，旷野中学校教学楼的白炽灯发出白茫茫的光亮。那年九月，一个秋雨菲菲的下午，我怀揣着省城中专录取通知书，最后一次踏上这条熟悉的步道，来到第一棵黄葛树下。此时西风渐起，金黄的落叶漫天飞舞，扑簌簌地落在我的肩上，我平生第一次近距离闻到了黄葛树树叶的味道，浓浓的苦涩过后竟然有一丝甘甜。六年来，我从一个少年成长为青年，终于从千军万马中侥幸杀出！抬头仰望古老得如同先人的黄葛树，它见证了我六年的求学时光，近在咫尺，却也一片迷蒙。

也是在这条山道上，我和高中的同学洒泪而别，说好了如果当年高考失利，我们一同南下打工，结果他竟以两分之差落榜。我说：“再坚持一年，我在警校等你！”因为从警是我们共同的愿望。他摇摇头，我也不好再说什么，因为我知道，他是长子，父亲早已故去，下面还有两个妹妹，家庭经济的窘迫使得他家里没有能力让他再回到学校复读。其实考上学校的应该是他，他平时成绩比我好。我们无言告别，在飒飒的秋风中，在漫天飞舞的黄葛树落叶下，我们走向了成年。半年后，他当兵入伍，成了某集团军的一名战士，然后凭借吃苦耐劳的精神和过硬的文化功底考入军校，毕业后成为连级军官。一九九八年夏季，长江上游爆发了特大洪水，他所在的部队奉命参加抗洪抢险，在簰州湾的滔天巨浪中，他带领党员突击队第一个跳入洪水中，在巨浪滚滚的长江中站成了一棵永恒的“黄葛树”……

盛夏时节，峡江地带高温多雨，有一天狂风卷挟着乌云，瞬间天昏地暗、飞沙走石，大树弯腰、小树折断，花草树叶被卷得漫天飞舞，庄稼低头、牛羊进圈，鸡飞狗跳、小孩奔跑。田野中劳作的农人的草帽被掀飞，急急忙忙跑到黄葛树下避雨，妇女儿童赶忙收捡晾晒的衣服、粮食。随后电闪雷鸣，大雨倾盆，黄葛树却挺直身躯，直直地伸向暴风雨肆虐的天空，在狂风暴雨中巍然挺立，用飒飒的欢笑声回答狂风的呼啸。大雨如注像万箭齐发，浓密树叶似绿色盾牌，庇护着树下躲避风雨的人们。从远处看，它像一个绿色的巨人，在一片狼藉的大地上独树一帜，活成了激情四射、永不低头的模样。它如中流砥柱、江中礁石，任凭洪水汹涌澎湃，稳坐急流险滩，而且暴风雨愈猛烈，黄葛树愈倔强，在乌云密布的天空下巍然屹立。

前人栽树，后人乘凉，家乡的黄葛树就这样传承着光阴的故事，它像一个巨大的惊叹号，傲然挺立，卓尔不群。它广庇苍生，浓荫大地，留下了江风流水的形状。它挺拔正直，不惧酷暑严寒、风暴雨雪，扎根贫瘠的土地却志在浩荡的云天，身处低微却生命顽强，冲岩破石、努力拼搏，唱响峡江人不惧艰险的生命壮歌。黄葛树，它的树冠郁郁葱葱，喂养生命，包容众生，覆盖贫瘠，遮挡风雨。它是先辈血脉传承、宽厚仁慈、大爱无言的生命馈赠，是后来人扎根故土、志存高远、蓬勃向上的精神象征。

十

巴阳峡奇案

一

巴阳峡位于云阳县西部和万县交界处，跨万县黄柏乡、云阳县巴阳乡，全长一公里左右，为川江咽喉，漩涡相连，水流湍急。冬季枯水期只剩一线水，夏季泛成百丈河，险滩迭出，暗礁密布。峡江险恶，水难事故频发，清代就设有巴阳救生局，专事绞滩救援任务。在水退之后，岸形成了一个巨大的关塘，百亩大小，来不及退去的长江鱼被困在里面，等待来年水涨之后再回到长江，这也成就了当地村民冬天的活动项目——打塘鱼，肥头、水米子、长江鲢子、鲤鱼、草鱼，甚至江豚，都有大如筛子的江团，明清时为官家所有，成为进贡佳品。但是由于深不可测，民间有“十二匹腊蔑打不到底”之说，又严禁毒鱼炸鱼，巨石之上，无可排泄，所以年年打鱼年年有，成为一方美谈。晚清时期，经过多年与官府斗争，观塘移交熊姓族人管理，沿峡上下，山地河谷，称观塘甲，村民以熊姓为主，后改为观塘村。

在山上住有一户熊姓人家，有几亩田地和果园，男人务农，春种秋收，农闲时种枇杷、柑橘、枳壳，里外一把手；妻子患病，生活不能自理；两个孩子，一男一女，在读小学。男女结婚十多年，不吵不闹，日子清贫而安静。男人在当地是个老实本分的好人，四十多岁，石匠，整个沿河两岸只要有人找他帮忙，无论工钱多寡，定把河路做得严严实实，但从不在外过夜，也不出门打工，两个孩子由于在镇上读书，一周回来一次，男人外出时必给妻子准备好饭菜，留下看家的黄狗，匆匆出门，急急回家。一天秋日晚上，秋雨淅淅沥沥地下个不停，半夜时分，黄狗开始狂吠不止，后来改为哀号，整个村子都听得见。隔壁的王姓人家终于在睡梦中被黄狗的拍门声惊醒，王大哥打开大门，立刻被黄狗拽住秋裤往外拖，一直拖到熊家的猪圈处。隔着栏板一看，只见女人倒在墙角，满脸是血，鼻眼暴突，下巴歪在一旁，人已经死了。王大哥急忙敲熊姓人家的门，久久无人回应，用手电筒往里边一照，卧室内空无一人。王大哥这才想起来，头天早上，老熊背着石匠的工具出门，说是到黄柏熊家沟去帮一户人家安地脚石。老王急急忙忙喊来周围的邻居，大家商量后，一致决定兵分两路，一路到熊支书家里去报告，村里唯一一部电话在他家里；另一路派人到黄柏找老熊，剩下的人急急忙忙把女人抬出来，放在街口的席子上，点火烧水，准备料理后事。

二〇〇一年十月的那个凌晨，我接到了观塘村支书的报案电话，一边安排民警向县公安局报告，一边带领三名民警赶往观塘。那时候还没有修通上山的路，我们把车停在路的断头处开始步行，赶到现场时已近中午，村民们已经在张罗丧事。乡村干部早已到达，老熊也站在路口，看得出来这是一个被生活重重压迫的男人，四十岁左右已经头发花白，背脊微驼，满脸风霜，面对这突发家庭变故显得木讷，只是递烟过来，手有些微微颤抖，看着穿警服的我们，有意或者无意地躲过我们的目光。村民们你一言我一语，还原了这起事件的经过：老熊早上出门和妻子一起吃了早饭，准备好了中午饭后到熊家沟干活儿，这个活儿几天前就定下了，因为要给王大哥家磊猪圈，昨天早上才去，干了一天后，错过了晚上的班船，在雇主家住了一晚，预备第二天一早赶回来。晚上可能妻子饿了，从墙洞眼里掏出来一个炸狗子的“狗炸弹”。（这种炸弹在二十世纪八九十年代在乡场上有售，里面是炸药，外面包有一层羊油，肉丸子大小，利用狗的咬合力引爆，把狗炸死，也用于炸野猪、野兔等物）。第二天王大哥派去通知的小宋在黄柏码头碰见了老熊，他当时还不知道家里出了事。老王还仔细回忆起来，在半夜狗叫之前，似乎听见有“砰”的一声响。老熊只是在众人说完后反反复复地说了一句：“公安同志，我不该去买炸弹，不该把炸弹放在墙洞眼儿里。”

我什么也没说，到现场仔细勘察起来，现场其实早已被围观群众破坏，甚至炸弹的残骸也已经被扫走，我们费了好大工夫才找到。在那个女人倒地的地方是一个废弃的猪圈，已经多年没有喂猪的迹象。它是一个十几平方米的砖板墙土瓦屋，下面有六棱石坎子，大约一米二高，青石细錾，严丝合缝，一看就是老熊的杰作。女人由于患“月家痨”病多年，早已不能站立，平时是在地上爬行，吃喝都在这猪圈里，平时都是老熊把饭弄好端进来，这是全村都知道的事情。我揭开搭着的白布，看见那个蜷缩的可怜女人，目测就是站直也不过一米五。膝盖和肘部严重萎缩，有的地方已经露出白骨，显然手臂已无法伸直，后来法医证实了我的判断。显然这里面存在问题，女人根本无法从老熊所指的墙洞眼里取出炸弹，因为她坐在地上，手臂伸不了那么长，谁在说谎？几天前老熊把准备好的棺材油漆一新，虽然都知道他的妻子有病，可这是巧合吗？我当时心里面有了一个初步的判断，在偏僻处拨通了正在赶来的分管刑侦工作的公安局领导的电话，作了简短的汇报，领导决定：叫停丧事，控制老熊。

半个小时后，局领导带着刑侦人员、技术人员、法医赶到。经过现场勘查、走访调查、尸检，侦查实验，初步判断是一起有预谋的杀人案，老熊有重大作案嫌疑。但最让人头疼的是，按照老百姓的证词，老熊并无作案时间，因为出事时他根本没有在现场。现场群众越聚越多，认为我们小题大做，把一个事故搞成案件，还把人划了（尸体检查），死了还要挨刀。为避免夜长梦多，领导决定，留下村镇干部做工作，先带嫌疑人回派出所协助调查。在带走老熊时，两个小孩儿（姐姐九岁，弟弟七岁）紧追我们的警车，哭喊声声嘶力竭。两个孩子都打着赤脚，乡间公路上，车轮碾过，尘土飞扬，我让司机开慢点儿，然后下车。两个孩子立刻跑上来，围住了我，我问："你们叫什么名字？"

"我叫熊梅，弟弟叫熊建。"那个小姑娘穿着补丁衣服，搓着满是伤痕的小手，一双大眼睛焦灼地望着我。他的弟弟低着头，两只小脚丫相互磋磨。这时候已经是深秋时节，天气在渐渐变凉，两个孩子都光着脚，穿着单薄的衣服。

我告诉姐弟俩："我们不会冤枉一个好人，但是也不会放过一个坏人。你们的妈妈死了，我们要搞明白，你们的爸爸是协助我们调查，我们很快会搞清楚。”

姐姐说：“叔叔，你们什么时候能够搞清楚，我爸爸什么时候能回来？”

我说：“很快的，几天就可以搞清楚。”

姐姐问：“那搞清楚了我爸爸就回来了？”

我说：“你们好好学习，老师说你们两个都是好孩子！”

我们的车转过一个弯，已经看不见两个赤脚的孩子，但是仍能听见孩子们的哭喊声。老熊紧闭双眼，我们一行人都沉默着。我们知道，这个案子破与不破，都会使我们终生难忘。

二

案件从对老熊的调查开始，我们兵分三路，第一路继续在现场进行走访调查，并对住房进行彻底搜查，重点是弄清头一天的活动情况；第二路深入到熊家沟雇主家，对老熊在熊家沟的行动轨迹进行调查核实；第三路对老熊进行讯问，因为就现场查获的炸弹残骸和他本人承认的购买炸弹的情况，老熊已经涉嫌犯罪。由我主持对老熊的审讯。

审讯进行得并不顺利，老熊避重就轻，只承认在黄柏赶场时买过狗炸弹，不认识卖的人。时间是在半年前，具体时间记不清楚了，出事的那天晚上，他因为赶工没有回家，对发生的事情一无所知，还是第二天早上在回家的路上，在码头上碰见老王派去的小宋，才知道家里发生了事情。“妻子患病七年了，瘫痪也已经有五六年，你们到观塘去问问，我对妻子怎么样。我为什么要害她？”还说，“你们把我抓来，两个娃儿还在学校读书，他们怎么办？”此外就一言不发，一副死猪不怕开水烫的样子。审讯一度陷入僵局。

当天晚上，两组外调人员回来后，我们在派出所的会议室召开了第一次案件研究会议。现场勘察人员和法医汇报了勘验检查结果，汇总了外调的情况，我也把审讯的情况作了通报。综合各方面情况来看，这是一起有预谋的杀人案，死者朱小英，女，三十七岁，万县小周乡人，与老熊结婚十二年，七年前患上“月家痨”病，一年后瘫痪，十月十三日凌晨在家中猪圈里咬合不明爆炸物（现在说是狗炸弹为时过早），当场死亡。应该是有人故意投放，致使饥饿的朱小英误食，引起爆炸。老熊有重大作案嫌疑，其理由是：①老熊有作案动机。“月家痨”病是其妻子在坐月子期间强行同房所致，在妻子患病期间，老熊还是尽力进行了救治，但是随着时间的推移，态度大不如前，特别是去年以来，他把妻子单独安排在毁弃的猪圈里，每天像喂畜生一样把饭端进猪圈，有时外出没有回来，妻子饿了甚至在地上抓土。并且他对妻子恶语相向，说“怎么还不死”。周围邻居都有送饭的经历，但是大多数群众表示理解，原因是：夫妻本是同林鸟，大难临头各自飞。②老熊有作案空间条件。案发现场最熟悉情况的是老熊，猪圈就是他一手建起来的，闭着眼睛也能说清楚，可老熊明显说谎，现场勘察和侦察实验证明，猪圈墙体底部是六棱石坎子，有一米二高，墙洞在坎子上方，受害人瘫痪多年，手最高伸到一米，伸不到墙洞眼的位置，而老熊说是受害人自己把炸弹从墙洞眼里掏出来的，所有群众说的朱小英误食“狗炸弹”被炸死皆出于老熊之口，有欲盖弥彰之嫌。而且在他的带动下，现场被彻底破坏。③老熊有作案时间。据雇主反映，老熊到熊家沟干活儿到下午五点，工友劝他回去照顾病人，雇主也没有留他，都知道他家里的情况。但老熊执意要把活儿干完，说家里头安排好了，明天一早回去。晚上结了工钱，他还喝了酒，单独住在偏房里。第二大雇主喊他吃早饭时发现人已走了，以为是早起走的，但整个晚上老熊的活动情况是没有人可以证明的，也就是说他有作案时间。作案时间也进一步确定，据多位村民证实，半夜两点左右听到有“砰”的一声响。公安局领导在听取汇报后，提出了下一步工作计划：第一，继续深入调查，特别是案发当晚老熊的情况，一定设法找到人证；第二，加大审讯力度，力争尽早有所突破，外查和内查要及时反馈，互通信息。最后公安局领导说：“同志们，现在政府压力很大，死者没有安排，两个小孩辍学在家，群众议论纷纷，说我们小题大做。一定要以科学的态度做到有理有据，给死者一个交代，给人民群众一个答复。外查组立即出发，最好能够查到老熊是否在雇主家的证据。审讯组立刻开始工作，加大力度。现场搜索要扩大范围，找到可疑物证，该送检的马上安排送检。我来协调政府部门做好逝者处理和小孩儿读书的问题。”末了，领导让我暂时把派出所的工作放一放，负责这起案件的侦破。

我们在审讯开始前仔细制定了策略，根据老熊现在急于脱罪的心理和对两个小孩儿关心的迫切心情，我们决定以慢打快，打出亲情牌。从外围收紧，步步紧逼，逼鱼上岸，请君入瓮。上半夜安排两个没有参加调查的老民警谈，不提案情，只让他自己说家庭、孩子、石匠、观塘。聊了半晚上，大概摸清了老熊家的情况、社会关系、主要社会交往和务工收入等。老熊也不谈妻子的死，只是反反复复地说，娃儿要读书，要零花钱。第二天，我接到了外查民警的反馈：他们经过艰苦查找，终于找到了一个关键证人，在巴阳峡舀鱼的老向。老向长年在巴阳峡舀夜鱼，出事那天晚上，他喝酒后于八点多下河舀鱼，大概在十点的样子，看见一束手电光从黄柏街上下来，然后到岸边，有个鱼划子好像等在那里。那个人上了船，鱼划子突突地开了过来，靠岸的地方距离老向舀鱼的地方不过一百米。那个坐船的人上岸后急匆匆地往山上走，看不清楚模样，他还打了声响声。我立即安排他们查找那个过河的鱼划子，一定要想办法找到，找到后立即请划鱼划子的人来派出所，我安排车到峡口接他们。中午，在黄柏乡政府治安室的帮助下，终于找到了那天在巴阳峡送老熊过河的船主向老三。老向称是有个中年人晚上要他给送过河，但不认识。还说那个人叫他送过去后在那等他，给他两百元，送过河后只给一百元，回来送过去后再给一百，老向执意要给两百元才等，于是那个人过河后他就回家睡觉了。老向因为违反了巴阳峡不准夜航、非法载人的规定，表示愿意配合工作，到派出所帮忙辨认老熊。下午四时，老向赶到派出所，我们立刻安排了辨认，让老熊站在一群人中间，老向毫不犹豫地指认出，老熊就是前天晚上坐他船的那个人，绝对不会错。

收网的时候到了！我叫民警给老熊戴上手铐，两名记录的民警也着装就位，开始对他进行正式的讯问。刚开始老熊还百般抵赖，说他十三号白天在熊家沟王家干活儿，晚上喝多了，早上醒来，王家人还在睡觉，因为担心妻子的生活，就到码头坐了第一班早船，下船后在码头上碰见王大哥派去的人，才知道出了事。我打断他的话，直直地盯了他几分钟，然后悠悠地抛出一句："说好了给两百，可你只给了一百！"

"只说的一百，他也没等我！"老熊脱口而出。

我啪地一拍桌子："还不老实交代！"

自知失言的老熊长叹一声，开始了倒竹筒般的交代。原来，老熊初中毕业后在巴阳峡绞滩，偶遇从万县小周到巴阳赶场的女子小朱，后者后来成了他的妻子。小两口恩恩爱爱，日子过得红红火火，后来怕妻子寂寞，老熊就上岸当了石匠。在第二个孩子出生后，妻子患上了“月家痨”病，那段时间，他带着妻子经常上万县看病，一次用掉好几千，很快将积蓄花完，然后又到处借债，但是妻子的病不见好转，后来竟然瘫痪了。去年夏天，老熊最后一次卖掉猪仔儿，怀揣着六千元钱把妻子送到三峡医院住院。医生最后无奈地告诉他，他妻子的病已经没有办法医治，已经出现癌变和癌细胞转移趋势。回来在巴阳峡歇息时，在江边的青石板上，不堪重负的老熊望着奔腾的江水号啕大哭，原原本本地将病情告诉了妻子。两个人在江边坐了一个下午，回忆起他们的初恋时光，妻子说：“老熊嘎嘎，你把我抽下去吧，我不怪你！”老熊说：“朱幺妹，我把你喂起，有我吃的，就不会差你一口。”踏着落日的余晖，老熊又背着他的朱幺妹一步一步回到山上的老屋。

“后来呢？”我问。

“后来我开始喝酒，还抽烟，债主经商上门索债，我越来越不想回家，关键是，回来后冷锅冷灶，热水都没有一口，妻子吃喝拉撒全在铺上，每天我累得腰酸背疼，还要洗衣煮饭，给她擦洗身体，收拾被褥。没有办法挣钱，两个孩子在镇上就读，每周都要零花钱，我也曾经找过村镇领导，想把妻子送到敬老院，我好放开手脚去干活儿挣钱，但给出的答复都是不够条件。我实在无能为力，就把妻子背到猪圈里，每天出门时给她把饭做好，端到她面前，她也无数次说不要管她，让她自生自灭。后来，我有了一个相好，是个寡妇，被丈夫抛弃了，带着一对儿女过活儿，我帮她干活儿，有时就在她那里歇下。”我给老熊点上一支烟，他猛吸了几口，接着说，“我自从有了相好后，对妻子态度越来越不好，经常骂她，骂她怎么还不死，只有周末孩子们回来时我还好点儿。其实妻子已经明白我的心思，常常一个人在那里哭。我其实也完全放弃了为她治病的打算，想她早点儿走，但是一年过去，还是没有动静，我就有意无意地不按时给她送饭。有一次我出去了两天，回来发现她居然把地上的土抓来吃，原因是地上有平时洒落的油汤，于是我就产生了一个想法，我年轻的时候和村里的伙伴们约起炸过狗子的，一般是冬天，扯几节香肠，故意把狗子引出来，把狗炸弹放在路上，那种炸弹很香，上面涂有一层羊油，狗子一咬就会炸掉下巴，很快死去，于是我就趁到黄柏赶场，买了两颗狗炸弹，其中一颗我悄悄放在墙洞眼儿里，等她饿了自己拿来吃，但是迟迟不见动静。后来我想，如果我在家里，她炸死了我会说不清楚。于是我又把炸弹掏出来，把它放在衣柜的夹层里。

“几天前，熊家沟的李老二家带信过来，要我去他家安石梯子，我头一天只给她煮了一顿早饭，然后到阳坪程老板屋里去了，安猪院子，晚上吃饭后才回来。以前我一般要从老板家带饭，那天喝多了搞忘了。第二天一早，我背起加力（工具）出门，没有煮早饭，临出门时，还和王大哥打了招呼，他问我去哪里干活儿，我说到黄柏熊家沟。我走的时候就把其中的一颗狗炸弹揣在身上，走过猪圈时还听见朱幺妹在说：“黑心子，我晓得你要搞莫子！”我没有管她，到巴阳街上吃了一碗面，坐过河船就到了黄柏。在李家忙了一天，老李叫我明天再来，我说还有好多活儿，做完了再回去。结果做完了天黑了，我就在他家喝酒后睡下了。眯了一会儿，我睡不着，就悄悄起来，带上门，李家人已经睡着了。我打起电筒走到江边，心里在想：如果有船我就回去，让幺妹升天；如果没有船就算了，一切听天意。因为我知道，幺妹肯定饿了，一定会到处找吃的，我这时把狗炸弹从墙洞眼儿里塞进去，她一定会吃。幺妹好强一辈子，不会再叫邻居。说实话大家也烦了，即使叫，也没有人搭理了。人哪，就是这样。我走到江边，看见一个小船上还有光亮，就给老板说我要过河。老板也黑，要两百，我说要得，但是要等我转来，他说要得。结果过河后我就给了他一百，让他在那里等我。我下船后就往家里走，半个小时就到了。

“我到猪圈后面时黄狗来了，它不叫，扯我裤脚，泪眼婆娑地望着我，拖我回家。我不肯，从衣服里把狗炸弹掏出来，轻轻地从墙洞眼儿里塞了进去。那时候天在下雨，根本听不出任何声响。我就往回走，黄狗跟着我，呜呜地哭，还是把我往回扯。走出一百米的样子，听见“砰”的一声，我的朱幺妹，我的爱人，就这样被炸死了。我对黄狗说：‘小黄，你去看下，找王大哥，不要让幺妹瘫在地上，让他们把她抬出来，放在干净的地方。幺妹没有得病前是爱干净的。’黄狗不走，我还踢了它，小黄这才呜呜地走了。那个时候可能是夜里一两点钟，我赶到江边时，船早已不见踪影。那时雨越下越大，我躲在凹岩坎下，放声大哭，想我的幺妹，也想跳下去，让巴阳峡把我吞没，可我的儿女怎么办？我又想起去王家寡妇那里，跌跌撞撞地来到她处于山腰的家，猛拍她家的门。我听见她拉灯起床的声音，猛然想起我现在不是一个杀人犯吗？我到了她那里不是会连累她吗？她其实什么都不知道呀，我在她那里歇的时候说起过朱幺妹，说她哪个还不死，王家寡妇还捂住我的嘴，叫我不要乱说；平时我给她钱也不要，说是我也困难，把钱留起给幺妹治病，其实老王也是个善良的女人，我不能连累她！于是我就在街口扯下一顶挂在墙上的斗笠，又急匆匆地向河坝跑去。我边跑边听到老王低声叫我的声音：‘熊毛儿，来都来了，还走啥。’手电筒不停地向我跑的方向挥舞，嘴里发出“撅撅”的声音，那是平时我们约定的暗号，意思是娃没在家，方便。我也是养活儿女的人，我晓得她的难处，她的一双娃儿也在镇上读书。我跑到峡中间的三官庙那里，跪在菩萨面前，心里发誓，只要躲过这一劫，把娃儿养大之后，我跑到这里跳河，跳进巴阳峡去阴间陪幺妹。我躲在那里整整坐了三个小时，抽了半包烟。凌晨在河坝看见王大哥喊来的小宋，我就跟着他回来了，后来的事情你们都知道了。”

三

根据老熊的交代，我带着一名女民警着便装找到了在山坡果园里修剪枝叶的王姓女人，那是一个皮肤黝黑、身体健硕的劳动妇女，我们在她的果园席地而坐，在秋日的阳光下，开始对老熊的交代进行核实。王姓妇女很配合，仔细交代了和老熊的交往，她说：“老熊是个老实人，都是一个村的，很早就认识，也知道他家里的情况，前年我丈夫在广东认识了一个妖精，不要我们了，打电话叫我重新找个人，还寄来三千元和离婚协议。我哭了一夜，第二天就把协议签了。后来老熊也知道了，就来安慰我，有空儿就来帮我干活儿，我开始还拒绝他，时间久了也就接受了。去年他帮我挑枇杷卖，搞了两天，给他工钱也不要。晚上我给他做了几个下酒菜，他本来不喝酒，可我喝，长期一个人在家，累得腰酸背痛的，我自己泡了枇杷酒。拗不过我劝，他也喝了一杯，我们就在一起了。但我从来不要他在我这里过夜，他有患病的朱幺妹需要照顾，我也是女人，我晓得女人的难处，我还经常煮点儿好吃的，叫他带回去给朱幺妹吃。他也跟我说起过，朱幺妹快不行了，我还劝他，对她好一点儿，不要留下遗憾。这段时间要账的追得紧，他说他压力大，不想活了，我还悄悄给他口袋里塞了五千元钱，他第二天就给我送回来了，这个人面子重。前天晚上，我听见敲门声，其实就晓得是他，我听得出他的脚步声，再加上斗笠不见了，那顶斗笠是我和他在黄柏赶场时买的，他试了几顶才试好，索子还是我安的，挂在墙角，是他在戴，其他人不晓得。”

“你平时叫他什么？”我问。

“我叫他熊毛儿，只有我这么叫他。”她回答说。

“这段时间他有什么异常，比如跟你说起过朱幺妹的病吗？”我又问。

“他有十几天没来了，说要躲账，怕连累我。朱幺妹的病情以前听谁给我说过很多次，这段时间听说是快不行了！”她说。

“听谁说的？”

“村里过路的人都在说，好像前段时间在准备木头（棺材）了。”

结束谈话时，王姓女人说：“我晓得我不该和老熊沟挂，犯了法，你们要抓我走的话让我回去安排一下娃儿，叫他外婆带起，要得不？”

我说：“你这段时间不要外出，要走的话要到派出所请假，不然我们下次谈话就不在这里了。”

我们回去的时候，民警小黄问我：“师傅，今天我们为什么不把她带到派出所或者政府去问？她跑了怎么办？”

我说:“你现在还没有当母亲，你不知道两个孩子的母亲的心理，我们今天没有通知村镇干部，以这种方式与她交谈，就是尽量缩小知情面，她还要生活。还有，就现在掌握的证据来看，她与本案的关系不大，一个女人，带着两个孩子生活，难呀！再说，今天在这里谈话的效果可能比到派出所或者政府去要好得多。”

第二天一早，王姓女人一早赶到派出所，指名点姓要见我。在我的办公室，她打开一个手帕包裹的东西，这就是那枚剩下的狗炸弹，之前我们想找一直没有找到的东西。她说，我们昨天找她谈话后，她回去仔细清理了老熊留在她家的东西，发现在“红金龙”烟盒纸里面，有这个东西，她也不知道是什么，就连同几件衣服、两包烟和这个东西交给我。老熊犯了罪，他的东西应该交由我们处理，她是个妇道人家，不懂这些东西对侦查案件是不是有用。

太有用了！这枚狗炸弹的出现，直接坐实了这个案件，经过后来的爆炸物品专业检测，证实了它的爆炸力，至此，案件的主要证据已经齐备。

我们又提取了相关证据，除了剩下的这枚狗炸弹，还有巴阳下三官庙遗落的斗笠和烟蒂、过河的钱币（钱上居然有李家孙子淘气盖上的私章）、与老熊有暧昧关系人的证言（证明了老熊有作案动机，后查实她与本案无关），与前期的尸体检验、勘察笔录、指纹信息形成了完整的证据链条。几天后，我们带着老熊指认现场，在请示局领导后，父子见了一面，抱头痛哭。老熊在猪圈外长跪不起，围观的群众唏嘘不已。

经过和巴阳政府协调，两个小孩儿由敬老院接管，学校全额减免一切费用。我们全体办案人员自发进行了捐助，这是我从警生涯的唯一一次，而且，我们没有任何破案的喜悦，大家很长时间都不愿谈及这起案件。此前，观塘村支委已经出面处理了朱幺妹的后事。

两个孩子的学习成绩都很优秀，这一点我在校长办公室得到了证实，尤其是那个女孩子，几乎年年考试全年级前三。校长接过我带来的捐款，喊来两个孩子。两个孩子深深地鞠了一躬，我抚摸着他们的头，本来想说说他们的爸爸，可是喉咙一酸，只是说了一句：“好好学习！”

我在看守所提审老熊的时候，告诉给他孩子们的消息，老熊说：“我可以闭眼了。”

观塘村有几百个各村民自发签名，要求政法机关从轻处理老熊，理由之一是：母亲走了，孩子不能没有父亲。

一年后，万州二中院以（间接）故意杀人罪判处老熊死刑，缓期两年执行。

二〇〇二年，三峡开始蓄水，“大河上下，顿失滔滔”，巴阳峡和关塘，都淹没在大江之下，连同那些人、那些事。之前，熊家老屋因为无人居住已经垮塌。

这件事情过去二十多年了，不知道那个叫熊梅的小女孩儿现在怎么样了，按时间推算，我想她应该做妈妈了吧！

十一

山村打拐纪事

引子

二十年前，我在城郊的派出所工作，任管辖六个乡镇、辖区十万人口、辖区面积两百多平方公里的派出所所长。

六月的一天下午，我在辖区的莲花乡凤山村和乡村干部一道调解一起因为赡养问题引起的民事纠纷。经过一个上午苦口婆心的工作，那个已经栖身岩洞半年的老人终于被大儿子接回家，由几家轮流赡养。因为是调解民事纠纷，当时我是一个人配合乡政府的综治办、民政办的工作人员前往，待指导综治办的工作人员签订好责任书时，手机突然响起，派出所内勤老刘打来电话，说是一个在逃多年被公安机关通缉、涉嫌多起拐卖人口犯罪的王东出现在不远处的大峰村。我和驾驶员及综治办的一名工作人员立即驱车前往，同时，我通知了在另一个乡镇办案的民警立即向犯罪嫌疑人出现的地方增援。

王东是我县双江镇人，当时只有三十岁左右，和我的年龄相仿，是一个罪行累累的罪犯。他幼年失学，父母双亡，从小习武，以打架斗殴心狠手辣著称，外号“大冬瓜”。由于很早就在社会上游荡，他从小偷小摸发展到无恶不作，在我们辖区犯案数起后逃到湖北宜昌九码头从事诈骗及敲诈勒索犯罪活动，曾经因为在九码头开餐馆，把平常二十五元的鸡火锅卖出了八百元的天价，使得周围餐馆竞相效仿，旅客对九码头鸡火锅谈虎色变，很多旅客都有被敲诈的经历。由于旅客多是短暂停留的流动人员，许多人选择了忍气吞声，因此导致证据缺失，取证困难，嫌疑人被当地警方抓获后一般按照治安案件处理。一次抓获王东后，湖北警方将其拘留，然后通知我县警方。我的前任老所长和一名民警前去押解王东归案，协助调查一起发生在我所辖区大峰村王东涉嫌的拐卖案件。在回来的“江渝”轮船上，狡猾的王东借口上厕所，骗得押解民警为他解开手铐。趁着上厕所之际，他将民警打倒，然后纵身跳入长江脱逃。老所长望着滔滔江水，掏出手枪鸣枪示警。多次与公安打过交道的王东料定老所长不敢朝他开枪，还在水里得意忘形地朝着老所长奸笑，招手让不谙水性的老所长下去。

不会游泳的老所长望着滔滔江水和已经泅渡上岸的王东心急如焚，和船上乘警沟通，却被告知此航段无法停船。老所长如坐针毡，无可奈何。

老所长后来受到纪律处分，一同去的民警也因为押解任务的失败被调离公安机关。老所长被迫提前退休时拉着我的手，老泪纵横地对我说：“你年轻有为，又是游泳健将，一定要把王东绳之以法呀！”

几个月后老所长病危，经过抢救后捡回一条命，我去看他，他握住我的手，问王东的下落，这时我的手机不断响起，只好告辞，老所长说："你忙去吧！多为老百姓除暴安良，早点儿抓住王东，不要让他再害人了！"

我默默点头，其实王东在逃一直是我们派出所全体干警的一块心病。因为王东脱逃后，一直浪迹于巴东、建始、野三关一带，凭借三寸不烂之舌和不错的仪表，以介绍工作、谈恋爱、做生意等为名，拐卖了多名妇女到莲花、人和一带。前不久，野三关派出所的李所长带队来解救一名被拐卖的妇女，我亲自带领民警配合，几经周折，费了九牛二虎之力才将妇女救出。因为王东在逃，证据链缺失，无法处理收买妇女的人，还引得买主经常上访，到派出所无理取闹，一度也引起乡镇干部的不满和群众的不理解。派出所承受着极大的压力，抓住王东，是这个案件的关键所在。

抓捕

我们三人驱车前往抓捕王东，在车上，政府综治办的老张问我带没带枪，我说没有，因为今天是来处理民事纠纷，没想到要去抓王东，如果回派出所去取枪，又怕耽搁时间，让王东脱逃。我对老张说："别怕，你也是退伍武警，司机也当过兵，我们是三个人，他们两个，你们把他的同伙控制住，王东就交给我！"。我得到内勤转来的群众的报告说王东这次是两个人，除了他以外，另一个同伙是他的老表老九。

车开到一处断头路，不能继续往前开了。我们只好弃车步行，沿着陡峭的山路往上爬。我们都是长期在乡村工作的人，走山路是我们民警和乡村干部的必修课，所以很快就上了山顶。放眼望去，秋高气爽中的山坳里分布着大大小小几十个院落，在午后阳光的照射下，泥土散发着芬芳的气息，田野里的人们在忙碌着收割水稻。层层叠叠的稻田里，水渍发出耀眼的光芒。几个小孩儿腰间挎着蔑桶，手里提着虾筱，在田间抓泥鳅，捉秧田鲫壳。坡地上的农民开始翻地秋播，点洋芋，种芝麻。狭窄的田埂上挑着粪桶的小伙儿健步如飞。撇开这里的偏僻和交通不便来说，其实大峰村是一个世外桃源般的高山鱼米之乡，四壁陡绝，易守难攻；入山里，豁然开朗，山顶土地相对平旷且土质肥沃，从四十八槽来的山泉水灌溉着这片被大山遮挡的土地，是农业生产的理想地带。晚清民国时期，社会动荡，棒匪横行，许多大户人家迁移至此，筑寨自保，号称大峰寨。中华人民共和国成立后更名大峰村，全村有十二个村民小组，皆分布在大峰寨周边十几平方公里的土地上，以曾姓为主。村民小富即安，囿困于故土，缺乏进取之心，宗族意识浓厚，法律观念淡薄。近年来，随着外出务工热的兴起，年轻女孩儿大都外出，村里光棍儿越来越多，据说大部分光棍儿都是在外地“买”媳妇。

我们顾不上欣赏美景，径直向村头的商店走去。一个四十多岁的中年人看见我们，慌慌张张地往商店跑。我向司机使了一个眼色，他迈开大步，几下就把那人追上，拉往我面前。我们到了一个隐蔽处，向他表明了身份。政府的张主任认识这人，他是王东的老表，外号曾老九。张主任对他说：“这个是派出所的冉所长。”中年人急忙点头，承认自己是王东派来放哨的。我们从他身上搜出了手机，是王东给他买来专门用于联络放信的。

事不宜迟！我留下司机看守曾老九，和张主任直接快步走进两层小楼的商店。住家在楼上，门槛上坐着一个长发中年人，光着上身，肌肉发达，颈项上套着一条硕大的金项链，脚穿一双名牌运动鞋，眯着三角眼，手持那个年代稀罕的手机，似乎正在和谁通话。屋里七八个人，一个三十多岁的外地姑娘一脸恐惧，低头垂眸。两个老女人不停地仔细打量着这个女人，旁边一个三十多岁的男子口水滴答地盯着这个妇女，催促旁边的父亲："老汉，要得要得！给钱嘛！"。

正在这时，外面传来一声惊呼："冬瓜！快跑哟，派出所的人来了！"坐在门槛上的那个年轻人慌忙关掉手机，我早已在怀疑这人就是王东，特别是他看我时的那对三角眼和头发遮住的那块疤痕，欲盖弥彰！他站起来想跑，我一个扫堂腿把他放倒在地。他马上翻身起来，手向腰间摸去。我知道他可能要掏凶器，先是一个直行肘撞向他欲伸向腰部的右手肩胛骨，再一摆肘又打在他的手膀子上。简单直接的两记肘击打得王东措手不及，把他打了一个趔趄，明显感觉把他打痛了。再一个勾搭别背反别住他的手背，一把闪亮的匕首哐当落地。张主任在旁边大声说："他是派出所的所长，王东你再反抗只有罪加一等，其他人不许动！"王东狗急跳墙，试图去捡地上的匕首，被我一脚踢开。他疯狂地向我扑来，我向后退去，被狗窝绊倒。王东骑在我身上，向我劈头盖脸地猛击几拳，打得我眼冒金星。趁着张主任在他后面拖拽使他分神的档口，我一个翻身又把王东压在地上。那个操着湖北口音的同伙儿想跑，被张主任死死抓住，又遭到他同伙的攻击，还好，张主任已经捡起匕首，我们两伙人形成了踏踏实实的赤手空拳的搏斗。

我和王东从地坝打到田里，又从田里扭到坡上，终于，几个蹬腿拉开了我和他的距离。我一连串地踢腿把他打得满脸是血，特别是一个提膝撞中他的小腹。趁他疼得蜷缩之际，我一个倒摆肘击打在王东的太阳穴上，再一脚踢向他的连二杆。王东负疼蜷缩在地，我顺势用右膝抵住他的颈项，使他彻底失去反抗能力，再把他双手反过来，用“苏秦背剑”的方式上好手铐。不远处，赶来增援的民警身着警服，沿着田坎的泥巴路噼噼啪啪地快步跑向我和王东的格斗处。当他们押上王东、铐上王东同伙李志时，我瘫坐在田坎上，张主任也累倒在地坝坎上，夕阳的余晖把我们的影子拉得好长好长。

事后张主任对我说：“所长，今天见识了你的功夫，比电影里精彩，整整打斗半个小时。”我说：“你也不赖，没有让他的同伙跑掉。”张说：“不行了，要是增援的人晚来几分钟，我就坚持不下去了！”其实我在心里说：我也快坚持不下去了，之所以用肘击和膝顶，只不过是在警校学习时找擒敌老师开的“小灶”——在力气不如对方的近距离搏斗时用的打击方法，缺点是容易造成大的伤害。但是如果让王东脱逃，我一辈子都不会原谅自己。

其实这是一局险棋，三比三，一场惨胜，我和张主任不同程度受了伤。还好，三名犯罪嫌疑人被抓获，还解救了一名差一点儿就被拐卖的妇女。

我将一口血水吐在田埂上，民警们扶起我，架起王东，押解着他和他的同伙儿，朝着山下走去。院坝上，满是围观的父老乡亲。

审讯

王东被顺利押解到派出所，我安排卫生院的医生到派出所对他的身体做了全身检查，结果没有大碍，只是表皮损伤。医生对他进行了包扎，给伤口做了消毒处理。派出所派专人进行照看，做到寸步不离，确保安全。好在派出所的留置室刚刚经过二级达标验收，硬件和软件设施齐全，再加上做到专人双岗看守措施，确保万无一失，为接下来的审讯工作做好准备。

我们对王东团伙三名嫌疑人中的另外两个人也实施了相应的审讯措施。其中湖北口音的李志，经与野三关派出所沟通，知道他也是湖北公安机关通缉在逃的拐卖犯罪嫌疑人。曾老九也多次参与王东拐卖案，是后者在大峰村联系买主的重要案件关系人。

一网篼住三条鱼，无疑王东是主要犯罪嫌疑人，是整个案件的关键人物和突审重点。

派出所二楼灯火通明，民警们收集了辖区所有拐卖案件的材料，我们对所有材料进行了梳理，最终确定了十二起与王东有关的案件。我让民警马上分头阅卷，安排了三班，每班两个人，轮流上阵，从晚上十二点钟开始审讯，制定的审讯策略是：由易到难，循序渐进，轮流上阵，总攻拿下！

我对民警们说："大家要树立信心，本着对拐卖妇女深厚的同情心和责任感以及对王东令人发指罪行的痛恨，全力以赴做好审讯工作。通过初查，可以确定王东有重大作案嫌疑，所以我们全体干警要树立必胜的信心，既要让王东如实交代罪行，又要依法文明办案，严格审查，不虚报不浮夸，切忌刑讯逼供。对这起案件，要“立足于有、着眼于是”，对法律负责，对受害者负责，维护社会的公平正义。我们一定要办好王东拐卖人口案件，给辖区人民一份满意的答卷。”

审讯工作在我的安排下有条不紊地进行，经过两班审讯，效果不好，王东除了交代被我们抓获时的这起案件以外，拒不交代其他案件，然后是一副死猪不怕开水烫的态度，审讯一度陷入僵局。

凌晨时分，我又接到局领导的电话，他详细询问了有关案情，提出这起案件案情重大，影响恶劣，抓捕时我又负了伤，可否考虑将案件移交刑警大队，由他们负责侦办，我思索了一下，说：“谢谢领导关心，我们派出所有决心、有能力将这起案件办好，一定不辜负上级的期望。”

我参加第三班审讯时，王东提出要睡觉，说伤口疼痛，而且事情已经交代清楚，没什么可说的了。另一组询问受害者的民警同样进展不佳，受害者语无伦次，所答非所问，像是精神有问题。好在审讯李志和曾老九的一组获得了突破，罪犯已交代出涉及王东的几起案件，为整个案件提供了有力的佐证。但是李志除交代现场抓获的这起拐卖案件外，只是说参与了另外一起拐卖案，主要是“打伴”；而曾老九交代只是参与了这一起拐卖案，其他一无所知。

我综合了民警的意见，最后决定除了看守王东、李志、曾老九的人员以外，全体干警休息；受害妇女交给炊事员，因为都是女同志，她俩搭个伴，先休息一晚再说。明天兵分两路，外查内审，同时联系聋哑学校的老师，协助对受害人的询问。末了，叫炊事员给王东煮一碗面条。

第二天一早，我带领负责外查的民警来到大峰村，村里有一座清代牌坊，是光绪皇帝为了表彰本地一名二十岁守寡妇女而立。那妇女的丈夫吴贵英年早逝，她上孝公婆，下抚遗孤，独自抚养两男两女四个孩子，最终培养出了一名翰林、一名举人。后来这名妇女去世，他的翰林儿子上书光绪皇帝，光绪皇帝朱批“懿德灵耀”，在村头建起了这座高大的牌坊。牌坊上面雕有神兽、飞禽凤凰和人物故事，配以海藻纹饰和红日出海图案，两边撰有楹联“节操凛冰雪，孝道通神明”。字体为大篆，笔法飘逸，镶嵌在青石立柱上，成为远近闻名的一景。可惜后来发达的吴氏家族搬离此地，自此以后此地文脉断绝，一百年来几乎再也没有出过望其项背的人物。由于此地地势险要、山顶平旷、民风彪悍，在近代土匪、棒客横行的时期多次打退土匪、棒客的骚扰，偏安一方，又因为土地肥沃，四十八槽的山泉水为此地提供了丰富的灌溉水源，堰塘众多，沟渠相连，盛产高山稻米，村民自给自足，孩子们很早就辍学务农，此地一度成为世外桃源。改革开放后，优势不再，加之地处偏僻，交通不便，除了保证不饿肚子以外，当地人无其他经济来源维持日常生活，年轻人远走他乡外出打工，老年人则留守田园带娃。女孩儿大都嫁到山下，村里单身汉众多，其婚姻问题很难解决，于是这里成为拐卖人口案件中收买被拐妇女的重灾区。

由于我们一行民警都是身着警服，还有乡村干部陪同，很多老百姓又目睹了昨天抓捕王东的过程，所以询访过程中都积极配合。据一家店主老王说，那个被解救的妇女被王东带到大峰村两天，原来是准备卖给二队那人的，可那父子见这个妇女神色不自然，像有精神病，于是拒绝了。然后王东又通过他的老表，也就是帮他望风的老九，联系了四十八槽后山一个有智力障碍的男人，也就是我们抓捕王东时那家商店的人家，即收买方，当时他们正在商店商谈收买这个妇女的事宜。有村民反映，在头一天，因为那个被拐卖妇女试图逃跑，被王东和老九按在田埂上殴打，晚上还从老九家传来拐卖女凄凉的哭喊声，在这山坳里久久不散……

通过一天的调查，获取了更多王东拐卖妇女的线索，但是相关人员大都不在，就近的也在新县城打零工派出所审讯王东的一组效果仍然不理想，而留给我们留置案件嫌疑人审讯的时间也只剩下一天，我们只好兵分两路，一路去新县城找到拐卖妇女案件的当事人，通过询问找到更多线索；另一路直接回派出所，审讯王东、李志和老九，至少要他们供述刚才拐卖这个湖北女人的犯罪事实，那样才能够对他们采取刑事强制措施。

回到派出所，先审讯了李志和老九，由于是分开关押，他们彼此都不知道各自交代的情况。在政策攻心和分化瓦解的前提下，老九承认了自己帮助王东拐卖湖北女的犯罪事实，并且交代出了另外一个犯罪事实，那就是在前天晚上，王东殴打湖北女以后，在他家里对湖北女实施了野蛮的强奸。此时，去县城外调的一组民警也传来好消息，他们找到了前年被王东拐卖到大峰村的三十来岁的卢姓妇女。卢姓妇女老家是湖北野三关，原来在一个宾馆当服务员，王东在该宾馆住了一段时间，以谈恋爱为名，将她带到大峰村，卖给一个五十多岁的老光棍为妻。卢姓女人原来一直寻机逃离，后来随着孩子的出生，只好抱着“嫁鸡随鸡、嫁狗随狗”的态度，在大峰村生活下来……如今已经是两个孩子的母亲了。卢姓妇女一听说我们抓获了王东，很激动，愿意做证人。她对调查的民警说："感谢你们抓了这个狗杂种，必须让他坐牢，否则不晓得还要祸害多少女人。"我安排民警仔细做好询问笔录，必要的时候请她到派出所指认。

把老九押下去以后，综合各方面的调查情况，我们更加信心十足了，决定通宵审讯，争取拿下王东。

晚上，我亲自担当审讯王东的主审，想让他自己说。王东说自己是冤枉的，带回来的那个湖北女人是他的恋爱对象，是回大峰村到他老表家玩。他还说要投诉我，身为人民警察，殴打老百姓。

我说："你去投诉我可以，你明知道我是民警，还持刀行凶，公安机关也有权利追诉你！"

王东说："我没有犯法，你凭什么抓我？"

我说："犯法没犯法，不是你说了算，我们不会无缘无故抓你。你自己想清楚，如果现在交代，还算坦白，不要负隅顽抗了。"

王东说："我没什么可说的，你们愿意怎么想都行。"

我说："你说湖北女人是你女朋友，你以前带没带过其他女人到大峰村？"

王东说："没有，这个湖北女人是我女朋友，我以前没有带过其他女人到过大峰村。"

我说："确定？"

王答："确定。"

我站起身，出了办公室，在走廊上给县城调查组民警通了电话，通知他们是否可以将卢姓女人带到派出所指认。电话那头，卢姓女人爽快地答应了。我让一名民警继续对王东进行讯问，我在外面等待着卢姓女人的到来。

夜凉如水，派出所院坝内的蔷薇花静静绽放，黄葛树高大的枝丫直指漆黑的天空。夜风中，片片落叶簌簌飘落，一片叶子飘落在我额头上，散发出清香的气息，我独自在派出所的院坝里踱步，时至子夜，王东在派出所留置时间已经超过三十六小时，明天中午以前，如果案件没有大的突破，王东的交代材料不能落实，只能刑事拘留，后期指望在看守所审讯，更难有大的突破，王东在刑事拘留期限满了以后，很可能逃脱法律制裁……

一小时后，卢姓女人在民警陪同下来到派出所，我们安抚了她的情绪，她的老公也陪同前来。当我们把卢姓女人带到王东面前的时候，王东大为惊骇，卢姓女人瞬间崩溃，哭喊着扑向王东，嘶哑着叫喊道："你这个狗杂种，你也有今天，弄死他！"他那个身强力壮的老公一拳砸向王东，我们费劲将他拉开。卢姓女人老公老刘说："老子今天就在派出所门口等你，老子要把你劁（阉割）了，让你成太监……"男人的怒吼、女人的哭喊，场面一度失控。王东脸色煞白，坐在审讯椅子上直冒虚汗，眼巴巴地看着我。我知道事情成了，连推带拉将一旁的卢姓女人和她老公老刘请出审讯室。民警老刘趁机说："这才来一个，后面还有人来。"王东顿时瘫坐在椅子上，可怜巴巴地望着我，颤抖着嘴唇，从喉咙深处发出一声叹息，对我说："所长，我交代。"

凌晨五点，终于做完了王东的讯问笔录。从一九九五年开始，王东从湖北、湖南拐卖妇女十四人，以谈恋爱、介绍工作等为借口，骗取被害人的信任，然后将被拐妇女拐卖人口到奉节、云阳、开县等地，其中，大峰村占大多数，一共九人。王东在拐卖人口过程中可能还伴有其他犯罪行为，比如强奸、盗窃。虽然王东只是交代了拐卖人口犯罪，并没有承认这些罪行，涉嫌的强奸、盗窃案件由于案件的特殊性和时效性以及受害方的不配合，很难查证，特别是强奸案件，但对于整个案件而言，已经算成功了，其他罪行疑点可以通过预审环节解决。至此，案件审理暂告一段落，给县局的报告中，说案件还将进一步审理。

第二天，我们对王东实行了刑事拘留，送他到看守所门口。因为无法通知他的家属，他早就父母双亡，唯一的一个姐姐已经远嫁他乡，早已没有了联系，我让民警给他存了点儿钱，用于购买生活必需品。

查证

王东系列拐卖妇女案件的侦破，造成了极大的轰动，我们一方面给湖北宜昌、野三关以及湖南桑植、永顺等地的派出所发出协查函，要求提供被拐妇女的详细情况，说明是否需要解救等，制作成笔录寄过来，一方面到收买妇女的重灾区大峰村调查被拐妇女的详细情况。县局也高度重视，抽调民警配合我们搞外调，局领导交给我们派出所的任务是落实本地住户收买妇女的材料，解救被拐卖妇女回家。

首先就是被王东拐卖的湖北女的遣返遇到了问题，被拐妇女三十多岁，不知是自身智力存在障碍还是被王东折磨所致，几乎无法正常交流，尽管请来了专业的听力障碍学校的老师帮助沟通，也只能勉强做了询问笔录，给野三关派出所发出的协查函迟迟没有回信。和野三关派出所张所长通了电话，几经沟通，张所长表示他们找到了家属，对方表示家里没人来接，要我们把她送到船上，他们安排人在码头接。我反复向张所长解释，我们已经完成了对该受害人的所有调查、检查，现在此项工作已经结束，目前人在我们派出所已经一周了，关键是安排照顾湖北女的女炊事员已经心力交瘁。湖北女不爱卫生不洗澡，晚上还不睡觉，炊事员向我抱怨多次，说再这样下去，她只有辞职不干。由此一来，吃住都成问题，望张所长理解，张所长答应来继续沟通。

几天后，张所长回电话给我，说除了表示已查清被拐妇女人叫张群外，其他都不甚理想。还说与被拐妇女家人沟通多次，证实她从小得了脑膜炎，智力有障碍，家里现在只有老人，没人能管她，因为早就许配了人家，男方在外面打工，联系不上，还是坚持要求我们把人送上船，他们来人在码头上接。我将此情况报告县局后，县局答应找长航公安协调。几天后，我们把人送到长航船上，我立即安排了两名民警，带上食物、衣服和水，把这名女子送上船，交给船上的乘警。

夏末的午后，阳光灿烂，太阳的光辉透过黄桷树浓荫的罅隙，在院坝留下金黄的光点。楼下，炊事员开始做大扫除，把那个被拐湖北女张群睡过的被褥拆下来洗干净。我站在窗前，若有所思，嘘了一口气：其实解救工作才刚刚开始。

去大峰村外查的民警经过连续几天的工作，除了几个外出的以外，基本上落实了询问材料，包括深层次的询问，如王东除了拐卖妇女行为以外，是否还有强奸等其他犯罪。他否认了强奸犯罪，只有两名妇女对王东盗窃进行了指控，地点均在湖北，但时间久远，查证难度较大。王东在看守所缓过气来后，否认了盗窃的犯罪事实，而对强奸行为更是矢口否认。对于这样敏感的犯罪，受害人都成了家，顾忌名声当然不愿意讲，但都是欲言又止的表情。我们调整了调查思路，请受害者来派出所，让县局派出女民警协助，表示绝对为她们保密。在政策法律的感召下，有一名被拐妇女勇敢地站了出来，指控了王东采取暴力、胁迫的方式，多次对她实施强奸的犯罪事实。

在湖北、湖南进行外调的民警传来消息，他们找到被拐妇女家人，有的知道他们的被拐事实，有通信往来，甚至还把男人、孩子带回去探过亲。由于木已成舟，生米已煮成熟饭，家人也就默认了已成事实的无奈选择。有几个家庭因为时间久远，父母过世，兄弟姐妹各自都有了家庭，没有能力将受害妇女接回家，况且受害妇女也已经有了丈夫、孩子。尽管他们是没有结婚证的婚姻，但在农村人眼里，他们就是合法夫妻，其中只有两名拐卖女的家人愿意前来接人返家。

我一方面安排民警继续调查被拐女情况，其中重点是接洽即将来接被拐卖妇女返家的家庭和弄清被拐妇女的下落，预估我们前去解救时可能遇到的阻碍，以便未雨绸缪，做好预案，必要时请县局提供警力支援。一方面又安排一组民警去看守所审讯王东，争取扩大战果，按照“六合”要素把案件办成特案，为起诉做好准备。

第二天，我正准备和民警们一道前往看守所提审王东，内勤民警告诉我，辖区人和镇通知开会，指名道姓要我参加，我只好一个人去了镇政府，其他民警仍然前往看守所。

在政府二楼书记办公室，除了镇委书记、镇长、纪委书记、计生办、民政办工作人员、驻村干部、大峰村的支书及村主任也在座，屋里烟雾缭绕，茶杯没了热气，看来这些人在这里待了很长时间了。我一进来，书记连忙让座，说是等我好久了，立即宣布会议开始。

会议由镇委书记主持，他对派出所破获大峰村系列拐卖妇女案件表示祝贺，对派出所的全体干警表示慰问，说年底将对派出所进行嘉奖。末了，请我对案件情况作个通报。我说，案件还在进一步办理中，还需查证、精准落实，我不便对案件情况作更多说明，请大家理解。

大峰村支书迫不及待地发言，说是大峰村地处偏僻，男多女少，收买妇女的情况确实存在，现在的情况是每个被拐来的妇女都已成家，有了孩子，派出所民警的入户调查搞得大家人心惶惶，说是下一步怕被拐妇女被弄回去，而每个家庭都付出了几千甚至上万的资金，大都是找亲戚朋友东拼西凑的，如果派出所强行解救，可能会引起群体事件，他这个支书也没法当下去。而且，大部分涉拐对象都在政府民政办补办了结婚证，已是合法夫妻。

我说："我不同意你的观点，我们既然都是共产党的干部，就要模范遵守法律法规，而不能一味站在本土观点上看问题。既然是被拐妇女，原则上必须进行解救，收买妇女本身就是违法犯罪行为，我们通过调查，发现有的家庭还有虐待和限制被拐女人身自由的行为，已涉嫌虐待和非法拘禁罪，都应得到相应的处理。我们解救妇女的原则是充分尊重被拐妇女本人意愿，排除任何外界压力和干扰，至于你说的结婚证的事情，暂不讨论这个话题，如果有人通风报信，党纪国法不用我多讲。"我望了纪委谭书记一眼。谭书记会意地点点头，说："纪律，强调内外有别，冉所长讲的这些，大家都明白了吧？所以党委、政府、村支委要全力配合，政府有关部门做好后勤保障，宣传工作一定要统一协调，尽量缩小知情面，少说多做，完成好任务。"

散会后只剩下镇党委书记和纪委书记两个人了，我掩上门，向他俩通报了一个情况："根据我们在大峰村的调查，政府民政办的工作人员凭着村里的假证明，在对方没有出示妇女户口信息，甚至没有女方到场的情况下，办理了结婚证，里面是否涉及腐败利益勾结尚不清楚，但违规违纪肯定存在。本来是想结案后再告知领导，现在既然来了，先通报一下，免得被动。”

镇党委书记和纪委书记面面相觑，嘱咐我暂时保密，也不要向上级汇报，他们来处理。我说，保密可以，当时办理结婚证没有审查户口和在男女双方均未到场的情况下办理结婚证是严重的违纪行为，望领导引起重视，结案后还是要上报相关部门，由他们来调查处理。

中午，镇党委书记留我在政府食堂吃饭，我婉言拒绝，因为这个案件耽搁了很多时间，派出所的其他日常工作受到了影响，我得赶紧回所里去。

解救

在湖南、湖北外调的民警将有解救意愿的被拐卖妇女的家人带了回来，住在县城的一家小宾馆里。我们对王东的提审效果并不理想，扩大战果的想法没能实现，王东除了在派出所交代的十四起拐卖妇女的案件外，并不承认有强奸、盗窃的犯罪行为，特别是强奸案件，由于时间较为久远，发案地点在外地，证据灭失，缺乏佐证，一时无法定案，而留给我们派出所的两个月办案羁押期限马上就要到期，我们只好将案件移交给县公安局法制大队。我在办案民警写的结案报告里加上了这样一段话：

……截至目前，经查证属实，犯罪嫌疑人王东从一九九五年起，作案十四起，拐卖妇女十四人，非法获利八万余元，犯罪事实清楚，证据确实充分，现已侦查终结。犯罪嫌疑人王东作案手段残忍，情节恶劣，丧尽天良，人神共愤，余罪更待深挖。近两个月来，全所干警不辞辛劳，全力以赴，废寝忘食，无愧这枚神圣的警徽，但由于条件和能力所限，案件细节并不完整，望上级机关对案件从严审查，深挖细查，彻底完成这起重大案件的侦办。

大峰派出所

二〇〇三年九月一日

接下来，最后一个工作是对被拐卖妇女的解救。

两家来接人的被拐妇女家人均来自湖北野三关，一个是在本地镇上电脑店学习的姑娘任平静，另一个叫卢平，就是在派出所指认王东，为我们突审王东立下汗马功劳的那位三十多岁的中年妇女。据前期了解，任平静已经不知去向。卢平在县城租房住，她丈夫在县城跑摩的，卢平本人在一个餐馆里打工；小儿子和他们同住，在县城上中学；大女儿已经成人，去往广东打工。

事不宜迟，我们商量后决定先找到小任并立刻将她解救出来，同时落实好对卢平的监控措施，防止她被转移，现在看来卢平还没有走的迹象。

我布置了专案特勤，安排他去秘密了解小任的情况。几天后，我们在黄昏的小河湾接头，他带来了小任的最新消息。小任是去年被拐卖到大峰村的，现在买主带着小任去到四十八槽后山的养羊场秘密居住。专案特勤还告诉我，小任已经有两个月的身孕。最后，专案特勤还把他制作的养羊场地形图交给了我。

我回到所里，马上组织开会，研究解救小任的事情。我们就着专案特勤绘制的养羊场地形图，仔细研究了行动方案。为了避免夜长梦多，我们决定立即前往，不给犯罪分子转移小任的时间。我还联系了镇党委书记，让他派一名素质好的驻村干部到派出所参加我们今天晚上的行动，当然，我没有给他汇报我们行动的内容，主要是让他给我们带路。一会儿，镇政府的小刘到了，通过了解，他刚好负责那个养羊场的畜牧发展事项，对环境非常熟悉。小刘是一名退伍的连级干部，军事政治素质很好，这使我大喜过望。开完会后我带头上交了手机，并要求所有人都必须上交手机给内勤，做到绝对保密。副所长小胡自告奋勇带队前去解救，让我在派出所坐镇就行了。我没有同意，还是决定亲自前往，并让内勤将我们的解救行动报告给局领导，请求给予必要的警力支援。我们提前开饭，带上小任的父母，趁着夜色，消失在四十八槽茫茫的夜色中……

车到了养羊场外边的山上，我们分头下车，让司机留在车上，照顾小任的父母和等待县局的增援力量，还给了他一个“小灵通”便于联系。按照事先商量好的分工，我们兵分两路，沿着陡峭崎岖的羊肠小道往山上爬。由于是秘密行动，我们只是打开一把手电筒，镇政府派的向导走在前面，翻过一道山梁，在山顶上的养羊场隐约可见。

养羊场位于四十八槽宫王顶，原是一座废弃的寺庙，晚清时期被本地大户人家扩建为躲土匪的山寨，上有清泉，五亩见方，后来山寨废弃，野兽出没，好事者又重建庙宇，但建筑简陋，佛像粗陋，香火大不如前。近年来被政府辟为养羊场，用于种羊繁殖和接种，是全县仅有的两个种羊场之一。此地地势险要，视野开阔，山顶可以四下远眺，也算一方名胜。这时隐约听到羊圈那边传来狗叫声，声音好像是从前寨门传出的，我想，肯定是胡所长带的一行人到了。我拿出小灵通，拨通了胡所长的小灵通，得到了证实。我让他继续虚张声势，步步紧逼，迫使目标向我这边靠拢。果然，不一会儿就有人打开临近我们的后寨门，然后两三把手电筒光朝着我们的方向照射。我急忙让其他民警关掉手电筒，隐蔽埋伏在山道两侧，同时通知司机带上受害者家属向我们靠近，必要时辨认来人中是不是有我们要解救的小任。

目标越来越近，连说话的声音都听得清清楚楚。手电筒的光亮越来越近，一行人突然停了下来，接着传来女人的哭声、男人的喝叱声，哭声越来越大，似乎还伴随打人的声音。我想，事不宜迟，必须马上动手，不管是不是今天的目标人物，但一定是一起案件，迟疑可能会出情况。我简单交代了一下，作了分工，一个负责保护女人，那两个拿手电筒的由另外两名民警控制。我和政府的小刘直接控制小邝，先拿下再说！

说时迟，那时快，我率先跃出那片灌木丛，向着十几米外的两支手电筒扑去。我首先将小邝扑倒在地，大声量明自己的身份，我感觉小邝手伸向腰间，连忙把他的手控制住，小刘也上前帮忙，解除了他的威胁，原来他腰间别着一把匕首。我们立即给他戴上手铐。另外一男子试图逃跑，还向寨子大喊："快点来啊，有棒老二。"一行人也随即上前将他拿下。寨子中的人听到了喊声，有人打开寨门，举起火把、拿着手电筒，吆喝着向我们靠过来。为首的那个声音传过来，高喊："你们有本事莫跑！在老子的地盘上还想'吃黑'，不怕我邝老二弄死你们。"

我问镇政府的小刘，“邝老二”何许人？

小刘说这人是个胆大妄为之人，以前在去广东的一家工厂务工，把门卫打伤，被关了进去。他的哥哥托关系、想办法把他捞了出来，回来后被他哥安排在养羊场当工人，据说其他工人也很怕他。

那个女孩儿（后来知道叫任平静）二十多岁的样子，中等身材，身材瘦削，皮肤白皙，一头乌黑的头发乱糟糟地蓬在头上，还粘有枯草，如鸟巢一般。此地山路狭窄，两边都是峭壁，我让一路民警左右扶着她。此时她脸色苍白，浑身发抖，知道我们的身份后才稍稍缓过神来。她步履蹒跚，脚踝系着一条细细的铁链，铁链的另一端被小邝死死握住，嘴里还在喊：“这是我媳妇，我花钱买的，你们管什么闲事。姓冉的，我要告你！”我说：“告是你的权利，在你告之前，我先行使我的权利！”。我们七手八脚地把小邝按在地上，取下了拴在任平静脚上的铁链。那条铁链一米多长，是由自行车锁链改成，连接小任脚踝的那边粘上了一些乌黑的血痕，小任的脚踝有着深深的血迹，看来，她被邝才明（小邝）拴住有一段时间了。

司机和被拐女的父母一同来到，亲人相见，哭成一团……几辆警车警灯闪烁，我们向公路上撤离。特警队的方队长走在前面，我们做了简单的交接，他说：“你们先走，寨子里的人交给我们。”

解救卢平的行动进行得相当顺利，我们让老刘与卢平父母见面，憨厚的老刘接连给卢平的父母赔不是，卢平也很感激老刘这些年对她的照顾，双方谈得比较友好，卢平还反复叮嘱老刘要按时吃药，因为腰不好，叫他不要去干体力活儿了，去菜市场卖点儿菜，照顾好没成年的孩子，说有机会会回来看他们。卢平答应随父母离开返家，我们送他们上船。在甲板上，当同父母一起迈出几米远的那一刻，她猛然回头，望着老公牵着的两岁孩子，泪如雨下，突然转身对着父母磕了一个响头，然后毅然奔向孩子。

一个月后，卢平带着老刘回到家乡，开出了户口证明，和老刘去乡政府补办了结婚证，留在了大峰村。

王东被市高院判处无期徒刑，所涉及的强奸、盗窃罪没能得以认定。他的几名同伙李志、曾经（曾老九）、邝才明（小邝）和王东在湖北时协助其犯罪的另一名同伙张军（张老五）被判处一至八年不等的有期徒刑，非法收买妇女的小邝（邝才明）受到了刑事处罚，收买妇女的其他人由于受害者选择了原谅，为了社会稳定，被检察院免予起诉。

解救被拐卖妇女的工作不甚理想，有五对夫妇外出打工，无法联系，需要调查确定外出地址后才能去做工作。其中的两对夫妇还是在王东案发以后外出的。在家的三对经过我们苦口婆心做工作，只有一名被拐妇女选择了回去。为了避免夫家干扰，我们都是全副武装把人送上船，并且和船上的乘警做好了交接，并通知了被拐妇女原籍的派出所，让他们通知家属在码头接人，而大多数被拐妇女选择了留下来。

我们在大峰村召开了以案说法的法治宣传会，邀请公安局法制科负责人以案说法，对全体村民进行了法制教育。全场听众鸦雀无声，认真听完了法治宣传课。

天边滚过几声惊雷，雨却没有下来！

年底，重庆市公安局给王东专案组记集体二等功，我个人三等功，县纪委对乱开结婚证的工作人员进行了处理。我没有参加那次的表彰会，同时召开的局党委会议临时做出一个决定：为了落实县委关于加强工业园区征地拆迁工作，强力推进“工业立县”战略的指示精神，需要派一名业务能力强、社会影响大，对社情民意熟悉的同志去协助政府工作，我当场被决定去工业园区投入新的工作，而且是马上报到。解救被拐妇女和王东案件的进一步查证工作交给了下一任所长。

在工业园区工作一年以后，我脱离了公安工作，无法知道这起案件后续进展情况，坊间传说王东经过减刑已经离开监狱，到“金三角”从事电信诈骗活动。老刘已经去世，卢平后来在县城开了一家蔬菜店，生意不错，她的小儿子考上了武汉大学，毕业后成为湖北一名县级干部。卢平后来随儿子生活，离开了大峰村，回到湖北。任平静随着父母回到家乡，给派出所寄来一面锦旗，上书“金色盾牌，热血铸就”。后来还寄来一封信，讲述了她回到家乡后的情况：她开了一家电脑打字店，已结婚生子，邀请我有空儿去他们家里玩儿……据说被拐妇女还有八名生活在大峰村，想想她们的年龄，也应该当奶奶或者外婆了吧！

我由于俗事所困，一直没能去小任那里，那封信也不知所踪，无法知道她的地址，看来是无法联系了。

但愿她们生活幸福！

没能完整办完王东拐卖人口案件，成了我终身的遗憾！二十年后回眸一瞥，那真是一段峥嵘岁月！

任平静送的那面锦旗不知是否还挂在派出所墙上，那面锦旗上的话和它背后的故事一直还在我记忆里。在属于我的青春时代，我努力活成了自己在警徽下宣誓的模样，几乎以一己之力单挑了那个时代的丑恶，用实际行动践行了青春誓言，那就是——金色盾牌，热血铸就！

十二

又是一年桐花开

四月的天气，乍暖还寒，一会儿阳光普照，气温直逼三十度上下；一会儿山雨骤然来临，雾锁青山，淅淅沥沥的雨一下三两天，气温骤降；大片大片的桃花、李花、杏花、梨花、樱花等随风飘落，零落在泥泞的小路上，沾满黄色的泥污，曾经妖艳的身姿不得不经受风吹雨打，最终芳华委地，花容尽失。

故乡的油桐花可不是这样，百花香消玉殒之后，她才姗姗来迟！

那时檐下看雨，是对一个季节的回望，条条银练冲击着檐下的土地，溅出一个个小水宕，然后顺着低洼地带流淌成酱色的水流，直奔小溪沟。瓦屋上响起叮叮当当的雨打风吹的声音，檐下形成一片雾蒙蒙的水帘。大人小孩只能站在檐下躲雨，呆呆地看着这从天而降的甘霖。风夹着雨，雨带着风，远山近水，一片迷蒙。春雨一下就是三两天，本来阳光明媚的阳春，一夜之间进入了冬季，气温明显下降，寒意骤然降临，穿着的短袖单衣已经明显不足以御寒。生活按下了暂停键，家庭主妇开始张罗年前的腊肉，准备改善一家人的伙食——打牙祭，俗称“过天瘾”。奶奶去衣柜里搜出已经拣好的秋衣，执意给我们换上，说：“穿厚点，捂三冻九，冻桐子花了，不是又要感冒了哟！”

雨停了，山坡上、田野中、悬崖下、山涧溪流边、田间小路旁，高大的油桐树像事先约定好了似的，一场春雨之后，油桐花竞相绽放，那是怎样的一季花呀！漫山绿野中点缀着红白、黄白相间的油桐花，一片片、一朵朵、一簇簇、一群群，一山又一山，一岭又一岭，向着山梁、小路、田野、村庄、堰塘、沟渠迎风开放。盛开的油桐花像大海里飞卷的朵朵浪花，似暗夜里闪烁的点点星辰，如寒冬里怒放的蜡梅，如珊瑚浴火般惊鸿一瞥的璀璨。在春天的大幕即将拉上之时，那些早春竞相开放的百花都已不见了踪迹，油桐花就这样在一场风雨严寒之后，惊艳了田野山川，点缀了寂寞家园，用玉树临风的身姿、五彩斑斓的色彩，给春天呈上一场最后的送别礼，真可谓“人间四月芳菲尽，山中桐花始盛开”。油桐花黄白、红白相间，中部红褐色，花蕊粉黄，大者如盘，小者如碟，红者如焰，黄者如橙，白者如雪，与碧绿的桐叶共处，直斜有度，依势就形。粗壮的树干点缀着星星点点的褐色树斑，树皮平滑，灰绿色，叶互生，雌雄同株异花，花瓣五片；雄花具雄蕊八至十蕊，叶柄与叶片几乎等长。油桐树有一两丈高，枝丫肆意伸展，蓬勃生长，丝毫无扭捏仓促之态，覆盖半亩之广，形成一片绿荫。

桐花历经百花凋零，春寒陡峭之后，仍然一簇独放，笑傲江湖。

花瓣簇拥之中，花蕊不时引来几只蜜蜂。蜜蜂趴在上面吸吮花之精华，嗡嗡煽动着金色的翅膀，来来往往，搬运着嫩黄的花粉。花蕊上沾上一层薄薄的白色粉末，似天降祥云，嫦娥散雪。其实这层白霜是蔬果本身分泌的糖醇类物质，也被称为果腊（也叫果霜），果腊和花粉看似娇嫩，但仍然可以承受倒春寒的风吹雨打、电闪雷鸣的摧残。

油桐叶在阳光的照耀下泛着绿色的光泽，快速生长，待到桐花开放完毕，桐子果渐渐长出，巴掌大的桐叶迎风摇曳，沙沙作响，密密的桐叶遮住阳光。桐树下，一片浓荫，这时候用手拍击粗壮的桐树干，饱满的油桐花已瓜熟蒂落，簌簌飘零。绿荫下，总有几个扎着麻花辫的女孩儿在跳橡皮筋，亦歌亦舞，欢声笑语，簌簌落花粘满她们全身，又随风飘落，如花仙子一般。

再过两个月后，桐叶完全长成以后，苞谷也成熟了，人们把刚成熟的苞谷搬回来，用石磨推出黄亮亮的苞谷浆（俗称苞谷糊儿）。包谷浆从磨槽里流出来，流在下面的一个木桶里盛着，层层叠叠，旋转堆砌，黄白相间。这时候，母亲就说："你明早去堰塘边摘些桐子叶，我们来蒸桐子叶粑粑吃。"

第二天一早，我就背着妈妈那个大背篼，来到离家不足两百米的大堰塘边。此时堰塘上还蒙着一层薄薄的雾气，早起的鲫鱼被我的脚步声惊扰，噗噗地钻入水底，泛起一个个圆圆的涟漪。涟漪慢慢地散开，荡漾着朝阳的晨曦。堰塘坎上，一棵三丈多高的桐子树枝干肆意伸张，密密的桐子叶随着早晨的清风摇摆。喷薄而出的太阳透过桐子叶的罅隙照在堰塘水面上，点点金光，耀人眼目。我顾不得欣赏美景，脱下胶鞋，提着背篼，沿着桐子树树干爬了上去。桐子树树干表皮有着密密麻麻的褐色树纹，正好有防滑的效果，我敏捷地把背篼挂在树丫上，在浓密的桐子叶中穿梭，一会儿就摘下了大半背篼的桐子叶，那洁白如牛乳般的桐叶浆粘在手上、衣袖上，软软绵绵、巴巴扯扯，只好在堰塘边抓一把黄土，才把手上粘的桐叶浆弄干净，但衣物上的叶浆是无法弄干净的。

太阳升起一杆高的时候，我把摘下的桐子叶交给了母亲，然后背起书包，向着朝阳中的学校跑去。

下午放学回家的时候，远远看见自家瓦屋上飘着袅袅炊烟，走近点就闻见空气中那浓浓的桐子叶和新鲜苞谷的味道。偷偷揭开锅盖，热气迎面扑来。我飞快地拿起一个热乎乎的桐叶苞谷粑粑，跑到院子里招呼同伴来吃，那散发着桐叶味道的苞谷粑粑，清香扑鼻、软绵酥松、糯热耐嚼，唇齿留香。那是土地的味道、桐叶的味道、妈妈的味道，是生长在我童年记忆深处的乡土气息。

也是那个油桐花飞舞、落英缤纷的初春时节，我和燕子相约油桐树下，明天，她就要随着父亲前往大西北就业，而我也要为即将到来的高考做最后的准备。人生未知，道阻且长，这个落花时节注定布满了离别的惆怅。我们以目为号，心有灵犀，故意绕道走向生产队那片最偏僻的桐林。这片桐林比奶奶的年龄还要古老，她小时候也在这里看花开花落，摘桐叶、捡黄叶、打桐果、背桐籽，桐林陪伴我奶奶度过了风霜岁月。而今我疾步而来，翘首以待是为了给她说声埋藏在心底的一席话语，结果，我嗫嚅着、战栗着、抖动着，欲言又止，不知所云，把先前背得滚瓜烂熟的表白忘得一干二净。我们的目光不约而同地投向盛开的油桐花，一阵春风拂过，洁白的桐花簌簌飘落，覆盖了我少年的头颅和燕子乌黑的长发。花谢花飞花满天，落絮轻沾扑秀帘，在故乡那片僻静的田野，在春风沉醉的那个午后，在燕子银铃般的笑声中，在油桐花漫天飞舞的春天里，我送别了那个心爱的女孩儿！

这美丽的邂逅，成为人生美好的回忆，每每油桐花萧萧飘落的时节，我就会拎一拎青春的重量。

“云阳桐油”是家乡的地标特产之一，国家认定的地理标志证明商标，因其历来产量大、品质优而闻名遐迩，享誉中外，成为云阳的一张名片。云阳早在明代就有种植油桐的传统，加之具备良好的气候条件，光照适宜、雨量充沛、四季分明、雨热同步、无霜期长；土壤以紫色土、黄壤为主，二十世纪五十年代起，云阳就是全国油桐生产基地，是全国两个油桐生产示范县之一，曾召开了全国油桐生产现场会（一九六〇年）、全国油桐学术研讨会（一九九七年）。二〇〇四年，国家林业局命名云阳县为“中国油桐之乡”，桐油产量居全国前列。此外，云阳桐油还作为世界桐油检验标准，成为出口的免检产品，曾多次受到国家外贸部、商业部、林业部的表彰。

如今，八十多岁的母亲已经不能蒸出桐子叶粑粑了，每次我去看她，就要买上几个，但是由于桐子树减少，桐子叶大多用宽大的水竹叶代替，那种机器打出的苞谷浆和用天然气炉蒸出的竹叶粑粑已经不是原来的味道了，我基本上不吃，母亲却吃得津津有味。其实，她满口的牙齿已经脱落，吃一半，掉一半，视力也大不如前，还把竹叶认成桐子叶，我知道她吃的是记忆、是情结，是难以忘怀的过往，是回不去的故乡！

燕子已于去年退休，回到了她的故乡——我仍然坚守着的土地。我们在不经意间重逢，笑谈过往，满脸沧桑。我们说好去看那棵桐子树的似锦繁花，却已经错过了开花的季节。她说大西北的丈夫还在上班，需要照顾孙子，短暂的探亲后就要回大西北。她说下次回来一定赶上季节一起去看桐子花，我答应了，没有告诉她的是：曾经见证我们青涩年华的那棵油桐树早已不在了！

昨晚风疏雨骤，半夜被惊雷搅醒，辗转反侧，夜不能寐，眼前总是浮现：鹅黄、粉红的桐花漫天飞舞、簌簌飘落，一遍又一遍……

十三
脚　迹

一

二〇一八年六月，我的大伯在湖北省鹤峰县去世，享年九十八岁。我驱车三百公里奔丧，在灯光迷离的鄂西边城，数次迷路，到达鹤峰县时已是半夜。当时雨雾茫茫，冷风嗖嗖，一条呜咽的小河在雨夜下发出澎湃的声响。沿着小河的道路泥泞不堪，布满了大大小小的坑凼，密密麻麻的雨点在公路上溅起一层薄雾，山水逼迫的道路百转千回。听从导航的指引，我来到山脚下的一个陈旧院落，门上面挂着一块写有“鹤峰殡仪馆”的木牌，里面灯火通明，哀乐奏响，锣鼓铙钹声此起彼伏，高亢清越的唢呐声响彻在雨夜的院落。人们进进出出，喧闹的成分远远大于悲伤的气息。烧符纸的烟雾与院子里的水汽互相萦绕，使得整个院子更加朦胧迷离，影影绰绰。我踩过一地泥泞来到吊唁大厅，跪在灵堂中烧纸。大伯遗像高悬，浓眉大眼盯着我这个远道而来的侄儿，关于他的一生又在我心头流淌开来。

一九二〇年，大伯冉瑞云出生在云阳长江南岸磐石坪上，从小就随我奶奶在美国人开的福音堂里玩耍。那个磐石坪上的教堂是一个尖顶圆形的哥特建筑，始建于清朝光绪年间，巨大的落地玻璃窗和七彩尖顶在阳光下熠熠生辉，高大的圆形外墙让它与周围的草房民居形成巨大反差，显得愈加神秘莫测。听说奶奶在一个偶然的机会走进教堂，与初通汉语的两位嬷嬷一番交谈，那时爷爷已经外出行医音信全无，被孤儿寡母艰难生计磋磨得精疲力竭的奶奶踏着玫瑰色的晚霞走出福音堂的大门时，立刻满血复活，步履轻盈地走回坪上的茅草屋，她皈依了福音教，成了福音堂的一名女帮工，用微薄的收入养活着她的两个幼小的儿子。

大伯出生的时候福音堂就存在，奶奶当时是福音堂的帮工，跟着两个嬷嬷学会了简单的英语。两个金发碧眼的美国修女对奶奶的工作非常满意，也很喜欢随着母亲到教堂来玩儿的大伯。修女要他接受洗礼，他却逃出了教堂，从此再不到那里去。这个不羁的乡间少年注定属于这片土地，他对耶稣并不感兴趣。他虽然聪明但从不好好上学，读了两年书后就开始逃学。爷爷带他出门行医，他却不按照医嘱抓药，有一次他把“笆斗”放入一个感冒病人的药方里，使得人家回去就拉肚子。一大早病人家属就找我爷爷扯皮，把我爷爷气得半死。爷爷故去后他更加肆无忌惮，带着一帮“混混”，腰别手插子（匕首），呼啸乡间，上房揭瓦、下河摸鱼、杀鸡屠狗、打架斗殴，成为磐石那个年代的古惑仔。后来他拜一个上河来的龙头大爷为师，参加袍哥会，在磐石关帝庙正式开堂，喝雄鸡血酒，以“十排”（袍哥会的座次）入会，称“大老幺”

（袍哥会里的称呼名号）。他跟着师傅在石板林学习“隔山打牛”“飞剑取头”之类的功法，其间，他还随师傅去过峨眉山拜见祖师爷，学习了峨眉派功夫，无奈耐不住寂寞的他只待了几个月就回来了。用他自己的话说，除了早上练功以外，吃的斋饭没有油水，念经的时候就会睡觉，自己完全不习惯，搞得大家都不舒服。

大伯就这样在街上乡间玩得不亦乐乎，这却苦了他年幼的弟弟——我的父亲，我父亲常常陪着奶奶天不亮就起床下地干活儿。那时家里开了一个小染坊，准确地说是给大的染坊搞点儿加工，把头天晚上泡在水缸里的棉布背到大沟去漂洗。两个人打着火把，在满天星斗的乡间小路上盘桓，赶到大沟去漂洗。洗完天才亮，然后又赶回来把漂洗过的衣物晾晒在地坝上的索子上。忙完这一切，我父亲就和母亲随便吃一点儿昨天晚上留在锅里的剩饭，然后和母亲一起出门，一个去福音堂上班，一个揉着惺忪的睡眼去小学读书。奶奶常常对这个长期不回家的大儿子气得咬牙切齿，说下次看见他一定打断他的腿，可大伯回来的时候总是在奶奶休息时，在窗户上轻轻喊我父亲开门：“弟娃弟娃！开哈门，我饿糟了，有吃的不？”父亲轻手轻脚开门，从灶屋找点儿东西给他吃，然后兄弟俩抵足而眠，天不亮大伯就又跑了！有一次终于被奶奶抓住，痛打了一顿，结果大伯把我父亲推在前面当挡箭牌。父亲挨打多，大伯反而少，在家里帮了几天忙，又消失得无影无踪。

六月的时候，长江涨水，大伯照例带着手下兄弟在河坝呆坐，在渔船上盯着昏黄的水面。从一里峡下来的洪水会带来不少树木、房梁、家具，甚至是淹死的牛羊猪禽，他们就会腰扎纤藤，蹦入汹涌的长江水中捞“泡河财喜”（就是捞水里的漂浮物），这种东西依照惯例是谁捡到是谁的，属于那个年代自然的馈赠，考验的只是你的胆量和运气。磐石又是一个天然的回水沱，所有上游来的东西都会在这里打转，是理想的捞漂浮物的地方，当然，打转的漂浮物会很快被洪水带走，何况，江面上的鼓泡水、漩涡、急流、尖利如铁钉的枝丫断梢都会给打捞人造成致命的伤害，打捞漂浮物是一项艺高胆大的工作。有一次，天黑了大伯还没有上岸，人家告知了奶奶，奶奶说："沟死沟埋，路死路埋，不要管他！"嘴上虽然这样说，奶奶还是带着我父亲去河边找，刚出门，就看见大伯和他的兄弟一伙抬着一张上好的雕花木床和一些锅碗瓢盆朝家里走来，引得周围的邻居啧啧称赞。奶奶罕见地招呼他们吃饭，没有打大伯。

这张雕花木床是梨木的，上面雕有龙凤图案，还有麋鹿、喜鹊、玫瑰、葡萄、花瓶图案，三进门帘，鲜艳的矿物朱红漆，还刷有少许金粉图案。隔壁的胡子嘎嘎说这是新婚夫妇的婚床，寓意"多子多福"，成色上看应该还没有用过，奶奶把它收拾出来，成了她的睡床。

这张雕花木床在我家一放就是几十年，小的时候我还睡过。

二

十四岁那年，大伯因为手下的兄弟被下街的娃儿欺负，就和下街的大哥磐石商会会长的儿子约架，三下五除二就将对方放倒，伤了人家的胳膊，把对方手臂打断了，引起对方报官。自知根本吃不起官司又怕连累奶奶和弟弟，大伯只好向袍哥会求助，在师傅安排下连夜出逃，加入了贩私盐的盐帮。他们躲开沿途税卡，在新津口码头秘密接卸私盐，再沿着盐马古道，从新津口翻山到票草，过古长城，爬岐阳关，走清水塘，下梅子水，过水田坝，到湖北利川县，远的到恩施州，以至鹤峰、龙山、大庸一线，穿越三个省，来回最长一个多月。当时因大伯有师傅撑起，担任押运和保镖的工作，一年后挣了点儿钱，想念老家的奶奶和弟弟，想用挣得的辛苦钱回老家了却官司。他就向同为袍哥会的管事的人请辞，管事的执意要大伯再亲自跑一趟，大伯只好答应。就是这最后一趟，彻底改变了大伯的人生轨迹。

一九三五年那个寒冷的冬天，大伯他们到龙山交割完业务，骡马队走到龙山地界的酉水河畔的一个客栈歇脚，几十个戴着红五星帽，穿着各式衣裳的持枪、拿梭镖的人闯了进来。大伯他们刚喝完粥，正在大木盆里烫脚，自知不是对手的大伯把“手插子”擩进稻草堆里，成为俘虏。他们十几个被带到附近一个祠堂里审讯，好在除执事的其他马夫都不知道大伯底细，大伯说是来吆骡子的，就和那些卖苦力的一起被“扩红（参加红军）”成湘西自卫军的一名红军战士。

那年我大伯十五岁。期间，他跟随部队打利川、汪营、鹤峰，打下汪营后，汪营设立留守处，我大伯被安排在留守处当支队长的警卫员，支队长还给他发了支左轮手枪。支队长是个跛脚的中年人，带着大伯他们的留守处负责给大部队筹粮筹款，维持治安，打土豪分田地，剿匪，扩红……几十个人的留守处把汪营治理得井井有条，支队长对大伯关爱有加，教会了他打枪，让他具体负责机要庶务，无事的时候就牵着支队长的枣红马去河边遛马，帮支队长扛着长枪去野外打猎。有一次去一个大户人家筹粮，户主死活不予配合，大门紧闭。支队长亲自来到大院门口，接过大伯递过的手枪，抬手一枪，将一只刚刚落在大院吻鸹脊上的一只飞鸟打得羽毛飞颤，飘飘扬扬的带血羽毛飘落在大院里，一会儿，朱漆大门打开，带着瓜皮绒帽的户主来到支队长面前，毕恭毕敬邀请支队长进屋，并吩咐家人如数交齐了钱粮。

到洪湖的大部队一去不回，地方上的形势也越来越吃紧，种种迹象表明被镇压的一方有暴动和反弹的可能，并在联络周围的土苗地主武装向汪营靠拢，而留守处的人员和兵力都严重不足，处于敌强我弱的态势，而且派出去送情报的人员一去不回，无法联系到大部队。支队长召开会议，决定撤出汪营，自行突围寻找大部队。那天午夜时分，全体人员销毁文书档案，压满子弹上好枪膛，打扫好卫生，锁好门窗，将剩余的骡马钱粮和不方便携带的东西如数交给农民协会，并嘱咐大家保密，说是例行出去筹粮，几天就会回来。农民协会的人走后，支队长又临时改变了行军路线，决定走枫树垭口，并派另外三人前去探路，用手电为信号确认安全。末了，支队长说："同志们，现在是生死关头，冲出去就是胜利。退回来已无可能，只有冲出去才能生存。如果万一落入敌人手里，那只有自行了断，绝不能当俘虏，不能给红军和军长丢脸。大家一定记清楚了！"

悲壮的突围开始了，一行人静悄悄地消失在黑暗的鄂西山地！

在枫树垭口，支队长命令部队停下来，等待先前派出去探路的人发出信号，可是迟迟没有看到手电发出的转圈儿信号。天渐渐变亮，天边已现出鱼肚白，再拖下去将更加危险。支队长当机立断，决定强行突围：冲过枫树垭口就是茫茫的原始森林，就会相对安全。

突然，一发炮弹朝着他们隐蔽的地方射过来，当场就炸死了几个红军战士。支队长率先发起冲锋，部队朝着垭口前赴后继地发起冲锋。但显然对方有备而来，早已在此设立了埋伏，以逸待劳，如爆竹般脆响的枪声夹杂着土炮、火铳的铁沙弹朝着小分队倾泻而下。支队长撂倒几个敌人，带头冲上了垭口，后面的人紧跟着冲了上去，早已换成长枪射击的大伯也紧跟着冲了上去，打死了几个敌人。眼看着就要过垭口了，一颗子弹击中了支队长持枪的手腕，他歪倒在地，再也无法开枪射击。失去指挥的队伍顿时群龙无首，敌人又乘机扎进了垭口，决定成败的冲锋就这样功败垂成。

寡不敌众的一行人很快被打散，大伯扶着受伤的支队长边打边跑，沿着垭口侧面的方向掩护支队长突围，但随后支队长又胸部中弹。眼看突围无望，支队长命令大伯自行突围。就在大伯犹豫中，支队长饮弹自尽。筋疲力尽的大伯一路狂奔，凭着当盐贩子练出的脚力和熟悉的路径，敏捷穿梭在密林深处。他清楚听到了“还有一个小杂种，莫让他跑了”的喊声，子弹打得周围的树叶“啪啪”作响。敌人放出的猎狗狂吠着追了上来，眼看猎狗愈来愈近，大伯脱下布鞋，蹚过一条小溪。猎狗失去嗅觉目标后朝着相反的方向一路疾跑。大伯转过一个山坳，敏捷地蹿上一棵巨大的黄葛树，浓密的树叶屏蔽了他的身躯。他将幼小的身躯钻进一个干燥的树洞里，一动不动地藏起来，躲了整整两天两夜。当敌人撤出后，大伯才在黑夜里摸索下来，在野兽出没的鄂西大山中盘桓。他昼伏夜出，吃野果、喝山泉、睡岩洞，像野人一样半个月后才走出原始森林。

三

饥寒交迫的大伯又打起了摆子，走到一个大庄园前，他已经毫无力气。他推开了那家的朱漆大门，两只恶狗将大伯扑倒在地。绣楼上的大小姐一声怒嗔，两只恶狗停止了对我大伯的撕咬。一位满头白发的老太爷从书房出来，对大伯进行了仔细盘问。大伯隐瞒了所有的过去，坚称自己是个父母双亡的叫花子。老太爷见这个叫花子虽然衣衫褴褛但英气尚存，就指了一下旁边的马棚。从此，大伯就厕身其间，成为这个大户人家最小的长工。老太爷是本地的保长兼民团团总，也是一个饱读诗书的长者，抱着保境安民的愿望维持着本地的一方平安。

大伯这一干就是十多年，其间大伯也从长工成长为老太爷的随扈。当大小姐拒绝了数次老太爷安排的婚姻后，老太爷也着手安排大伯入赘上门事宜。他带着大伯到汉口省亲，以未来女婿的身份让他拜见了汉口的亲戚故旧。老太爷还向他们发出了参加婚礼的邀请，一切好像都是水到渠成的样子。但是，大伯还是从老太爷闪烁其词的谈话中，知道事有变故，老太爷也不像原来那么兴高采烈，开始长吁短叹，终于催促大伯收拾行装，打道回府。

二十七岁的大伯，朝着大小姐的小楼深情一瞥，然后轻舒猿臂，一个“鹞子翻身”，轻点石桌，越过两人高的院墙，轻轻落在大院外的竹林里，像一只落单的孤雁，飞向满天星斗的鄂西天幕，没有一点儿声响……

此时是一九四八年十一月的下旬，鄂西山区已经是天寒地冻，大雪飘飘。行囊空空的大伯疾行山野，鸡犬噤声，只有午夜风雪相伴。那条古老的盐道在飞雪下泛着白色的光亮，像一条白色的长练，腾空飞舞又影影绰绰。大伯点起松明火把，踏着沙沙作响的积雪，向着家乡的故园一路狂奔。

四

沿着久违的盐马古道，顶着满天星斗和鹅毛大雪，拖着一身疲惫，心力交瘁如丧家之犬的大伯辗转回到磐石。少小离家，青壮而返，两手空空的大伯丝毫没有衣锦还乡的感觉。他悄悄避开邻居，在一个星光黯淡的夜晚踏进了老家的柴门，而此时，我的父亲早已去了万县当铺当学徒多年，只有奶奶一个人在家。当天，奶奶在冷水里浸泡染布的时间长了点儿，发起了高烧，刚刚吃了点儿胡子嘎嘎送来的退烧药，迷迷糊糊地喊着我大伯的名字。大伯高声应答，跪倒在雕花木床上的奶奶面前。奶奶一耳光扇在大伯脸上："大猴儿，你再乱跑我打断你腿！"又随后吐出一口口水，滋在大伯的脸颊上，满是歉意地说，"妈烧糊涂了，也不知道是不是你，把我大儿打疼了，今天还在拍着床沿想你，胡子嘎嘎说拍四下喊你一声，你就会回来。我在天擦黑时就开始拍，手都拍肿了，果然你回来了，这个老家伙还有点儿名堂，怪不得年轻时学过端公的。来，扶我起来，把火烧起，我来给你摊粉皮子腊肉，叫那个老家伙也来陪你喝两盅。你从小就最喜欢吃的，今天妈管你吃够。你弟娃（弟弟）下个月也回来了，我们一家人再也不分开了！"

那时随着内战的开始，福音堂早已关门，两个嬷嬷回国，福音堂已经是杂草丛生，奶奶的工作自然也就停了。她只是偶尔会去那里看看，打开锈迹斑斑的铁门，嗅一嗅昔日热闹的气息，扒开蜘蛛网密布的耶稣像，静静地坐在下面礼拜，当然，没有唱诗班的音乐，只有窗外不远处传来的长江涛声和船工号子。

大伯回来不久，就由奶奶做主，娶了土地岩一个水木匠的女儿为妻。孟浪的大伯也逐渐笃定安分下来，他疏远了原来的那帮兄弟，师从他老丈人学习水木匠活儿，在磐石、双江、老城一带打木船。他凭着聪明勤奋，很快崭露头角，成为年轻的掌墨师，从选料、改板、画墨、如瓢、涂纸泥、上桐油、安舵、立帆样样精通。他回家后必先向奶奶请安，遗憾的是伯母身体不好，从结婚起就是个药罐，结婚三年后就病故了。大伯无心续弦，又开始和原来的朋友厮混。一次大伯又走到了当初收留他的那个大院人家，可惜老太爷已经故去，他的大儿子，大小姐的亲哥哥，继任族长一年后被判刑劳改，一直没有出嫁的大小姐已不知去向。大伯在老太爷坟前烧香祭拜，然后到处打听大小姐的下落。经过仔细找寻，大伯终于在远离大小姐家两百里的鄂西边城咸丰找到了大小姐，在街边的一个潲水桶旁，大伯见到了处于疯癫边缘的大小姐，两个劫后余生的年轻人抱头痛哭，大小姐成了我第二个、也是最后一个大伯娘。

何去何从成了大伯首要考虑的问题，他作为男人和丈夫必须尽快做出决断，回磐石当然是首选，那是大伯的家乡，但是地主成分的大伯娘是无法逃过当时的成分调查的，回大伯娘的老家更不可能。放弃已经受到身体精神有问题的大伯娘是大伯根本做不出来，他有着那个年代峡江边生长的人耿直霸蛮的个性，还有袍哥人家义薄云天、绝不拉稀摆带的性情，当然，还是因为爱情。

就这样，他们一路流浪，最终在鹤峰安顿下来，组成了家庭。那个边远小城没有人知道他们的底细，大伯开始找事情做，干过各种活儿，后无师自通修理钟表，成为一方名师。后来他带着大伯娘回来接奶奶到鹤峰生活了一段时间，奶奶住不惯，闹着回来，他又送奶奶回到磐石，自己又回到鹤峰。那里有他的妻子和孩子，有他的家，他已经在那里落地生根了。

我读初中的时候，大伯回来过一次，那时他已经从钟表社退休。

大伯给奶奶重新修缮了坟墓，还给我们姊妹几个买了新衣服，我还得到了一双梦寐以求的鞋。几十年异乡异客，音讯全无，在奶奶的晚年没能陪伴左右，奶奶病危和去世，大伯都没能回来。他对此深深歉疚，数次泣不成声，对我五十岁的父亲说："弟娃！辛苦你了！你要不是我兄弟，我就给你下跪了。"说完对我父亲深深鞠躬，我父亲拦住他，说："大哥！那是我该做的，妈走的时候叫娃儿给你写信，都说你在外面修钟表，不晓得地址，写了也收不到。我们不是时常收到你寄来的钱吗？只是妈发病急，来不及转到县城医院就断气了，我也没尽到责任呀！从凤鸣赶回来，母亲一直听到说她幺儿回来了才断气，是硬撑着等我呀！"两弟兄都哭了。

父亲留大伯多玩儿几天，他说，走久了怕大伯娘发病，父亲就没有留他了。临走的那天晚上，大伯和父亲在我家堂屋里说话，父亲专门烧好一笼炭火，灯火深宵，絮絮谈往事。寒风吹打屋脊，竹叶扫着瓦片，沙沙作响，一灯如豆，昏暗的煤油灯光在玻璃罩下摇曳。兄弟俩就着父亲的叶子烟杆，你吸一口，我抽一口，吧嗒吧嗒地吞吐着如烟往事。两个年过半百的老人，睡意全无，侃侃而谈。印在墙上的两个人影神采飞扬，比画着无怨无悔的人生，明灭跳跃的煤油灯光烁照着那些峥嵘的过往。我一觉醒来，弟兄俩还在交谈。时隔几十年，终于在那个冬日的寒夜，两个血脉相连的亲人泯尽恩仇，相谈甚欢！

他乡纵有千头月，不及家乡一盏明！鸡叫头遍，兄弟两个才抵足而眠。

可惜这是我唯一一次看见和听见父亲和大伯为数不多的展现骨肉亲情，如今，两兄弟都已作古，一个埋葬在家乡的放牛坪，一个永远留在了鄂西山地。而他们操劳一生，等待大伯回家的奶奶，至死也没有等到她疼爱的大儿子。她老人家再也没有力气拍打床沿，呼唤我大伯的名字。胡子嘎嘎也早已作古，没有人能够告诉奶奶大伯是否回来。在我出生两年后，奶奶在一场轻微的病患中永远离开了这个给她带来有限欢乐和无穷痛苦的人世。

奶奶死去后，不到两岁的我拖着长长的裹肚，来到院坝外奶奶的坟前，一遍又一遍地呼唤："奶奶，你起来嘛，睡在这里做什么？起来给我煮糖稀饭嘛！"

五

最近一次见到大伯是四年前的暮春时节。他坐在临街口的一个老式的藤椅上，被一个小车撞了，司机还跑了，大伯从此无法自己行走。我去看他，在大伯的阁楼上，我静静听完他的过往，关于福音堂和那两个不苟言笑、实际上充满爱心的嬷嬷，关于贩盐，关于红军和那次死里逃生的经历，那个他栖身的大院，那个慈祥的老太爷，那个在阁楼上对他倾情一笑、怒嗔狼狗的姑娘……几十年过去，那个午后的阳光和白如新月的姑娘无数次出现在他的梦里！

而我看到的大伯娘完全不是大伯说的那个样子，甚至没有年轻时的一点痕迹。她头发全白，身材佝偻，喃喃自语，整个脸上沟壑纵横，在阳台上抽着劣质的香烟，对我受伤的大伯不闻不问，对远道而来的我也毫无亲近感。大伯歉疚地说："她有病！"我说："我知道！"我说，"我看过你住过的那个院子，伯娘的老家，现在已经被开发成旅游景区了。现在交通方便了，怎么不去看看？"大伯说："以前想去的时候，怕你伯娘受刺激，现在又去不了了，只有两天去收脚迹了。"我说："等您脚好一点儿后，我来接您回老家看看。"大伯说："不麻烦了，我老了，回不去了。"

"收脚迹"是我们老家的说辞，说是人死后亡人会在一个晚上到他曾经去过的地方，将脚印收回来，然后才可以去阎王那里报到。

我又一次感觉到了生命的无常，这对乱世清纯如神雕侠侣的患难夫妻，如今一个英雄老去，一个美人迟暮，他们鲜红如玫瑰色的情感如今只剩下苍老的爱情，在时间长河的驳蚀下已经是千疮百孔、惨不忍睹，只是平静地滑向生命的彼岸。

但我相信彼岸一定是春风十里地，满园桃花香。

我转过脸去，阁楼下的清江水清清流淌，墨绿色的水面上漂着凋零的各色花朵，残红败絮，像岁月一样无言东流，去到几百里外的长江，那个长江边的小镇，有着大伯魂牵梦萦却永远回不去的故乡！

我无言以对!

第二天我走的时候没有惊动在躺椅上看《圣经》的大伯。堂哥送我，经过大会堂时，堂哥指着那个巨大的老钟跟我说，这是一口美国的钟，抗日战争时期国民政府在此设立第六战区，悬挂在前线司令部的大门上用的。中华人民共和国成立后司令部被改造成影剧院，挂钟还是在影剧院门楣上悬挂报时。后来挂钟坏了，大伯带着他的徒弟们拆下来重新装好，一直还在走。

我这次奔丧的时候那个大会堂被拆了，不知道那个钟到哪里去了。

十四

磨盘寨风云录

磨盘寨又称磐石城、大石城，位于重庆市云阳县新县城龙脊岭公园的最高处，属将军梁山脉，为原双江镇爱国村地界，占地面积三万五千平方米（五十二点五亩）。寨高三十到五十九米，呈圆锥形状，节节升高，形似磨盘，状如玉笋，四壁悬绝，巍然独立。澎溪北来，在陈家溪折而向西，与浩浩西来的长江交汇于磨盘寨下的澎溪口。磨盘寨正好位于两江交汇处的山上，两江环侍，夹岸而居，上部平旷，有田地、水井、池塘、房屋、桑竹之属，广植五谷，尤盛产柑橘。宋元以后，这里建有昙华古寺，受云阳本地善男信女崇奉，香火缭绕，庙食百世，为川东名刹。而或骤雨初歇，云雾缭绕，若隐若现，流水飞溅，悬空坠落，如练如虹，如梦似幻，此为云阳八景之一的石城烟雨。

有关磨盘寨最初的记载出于常璩的《华阳国志》："朐忍县，山有大小石城势。"磐石城就是其中的大石城。常璩为晋朝人，可见在一千八百年前，有文字记载的磨盘寨就已经存在。二〇一七年，重庆市文化遗产研究院在磨盘寨开展考古发掘，出土了一批陶器、石器、青铜器，硬是把磨盘寨的文明史推到商周时期。那时，我们的祖先就已经走出峡江丛林，在此定居、劳动、生活、繁衍，成为磨盘寨上最早的原住民。

磨盘寨前寨门

直到二十世纪六十年代初，在磨盘寨可以看见鳞次栉比的房屋、南北通透铺满青石的街道、宽阔的马道、高大的门楼、巍然挺立的凉亭、完整的城墙、精巧的箭垛、四角的炮台，以及规模宏大的涂家祠堂和竹树掩映的水井，俨然一座既有仙气萦绕，又有人间烟火的山间小城。冬日的柑橘在山间田地中发出耀眼的光芒，如金丸耀日、玉液凝霜。散落在荒草丛中的断垣残壁、石狮雕像、诗文碑刻、古战场的堑壕、马道步道、炮台瞭望台，虽伤痕累累，还斑驳可辨，醉卧斜阳，无言记录着历史的脚步和硝烟。青青芦苇在院墙上疯长，白色和紫色的花絮在风中摇曳，如同巨大的帷幔，将磨盘寨包裹得严严实实。绿色的帷幔又起承转合，迎风倒伏，将斑驳岁月留下黝黑的剪影，长空舞蛇，逶迤若浪，起伏天边，愈发古老苍凉，庄重威严。长空月下，在磨盘寨凭栏远眺，仍然可以看见两江白帆，星星点点，在青烟淡雾的长江和彭溪河滑行，渔歌唱晚，涛声依旧；每当月白风清，仰望磨盘寨，一柱擎天，犬吠声远，如豆晚灯，点缀寨上人家，如同天上的街市，牛郎织女提着灯笼在走！

一九九二年，新县城在磨盘寨下面的双江镇群益村奠基，后大规模动工，各种大型机械进场，机器轰鸣，炮声隆隆，昼夜不息。第二年，磨盘寨上流淌千年的两口泉眼开始干涸，再也流不出清泉，最后一批原住民开始搬迁。磨盘寨作为军事要塞的地位丧失后，也最终丧失了人居条件。二〇〇五年，三峡库区蓄水，水位上升百余米，而后，万步梯、龙脊岭公园纷纷建成，盘山公路直抵磨盘寨蜂腰地带，拾级而上百步石梯，就可直达千年险峻之古寨寨门。在寨墙上驻足远眺，感受石城烟雨，南宋军寨的绮丽风光，体验一回“会当凌绝顶，一览众山小”的诗人气度。

目前，磨盘寨的保护修缮工程已全面启动，相信不久的将来，一座仿南宋风格的军寨会历经沧桑，峥嵘再现，成为又一爱国主义教育基地和旅游打卡景点。

十五

永谷长歌

一

永谷水，又名长滩河，是长江的一级支流，全长一百零四点一八公里，流域面积一千五百二十五点九平方公里，多年平均径流量八点四九亿立方米，属亚热带湿润季风气候区。随着地形逐级抬升，形成气温逐渐降低、降雨逐渐增加的特点，冬无严寒，夏无酷暑。整个永谷以山高水深、支流纵横、滩多峡长、水流湍急、风景奇绝而著名。永谷水有两个源头，一个发源于湖北省利川市西部汪营镇，一个发源于利川南坪的凉雾山。后者在鄂西平坝汪营一分为二，一边流向荆楚平原西部的宜昌，即为清江；一边流向渝东山地东边的故陵，名永谷水。整个永谷水呈西南—东北走向，谷深山高，溪水下切，水质清冽，亦涨亦落，九曲穿梭，在云阳县江南大地上画出一条绚丽的绿色弧线。

永谷水

永谷水流域很早时是我们祖先盐水女神部落的发祥地，为鱼米之乡，盐泉广出，先人在此渔猎樵捕，繁衍生息。这里还是“川楚孔道”的咽喉捷径，号称“奇道”。明末清初，地理学家顾祖禹先生在《读史方舆纪要》中说写道：“外蔽夔峡，内饶溪山，道至险阻，蛮獠错杂，由荆楚而瞰巴蜀，恒以此道为奇。”由此可见，永谷水流域有着重要的地理、经济、交通、军事价值。

春秋初年（公元前七世纪左右），云阳县长滩河一带盐水女神部落的人，过着半渔半农的生活，他们以白虎为图腾。江汉平原西部的另一支巴人廪君部落在楚国的压迫蚕食下决定迁移，面对莽莽大山无路可进时，沿着清江乘陶船进入，并利用清江、永谷水道一路南下，成功入侵盐水女神部落所在的川东腹地。盐水女神部落开始了顽强的反抗，“掩蔽日光天地、晦暝积十余日”，盐水女神力竭不支，廪君部落强占盐水女神退出的地盘，建立国家，号巴人，都平夷城。

明洪武四年（公元 1371 年），朱元璋命征西将军汤和、副将军廖永忠率荆湘、京卫水师和步骑三万，沿水路进攻重庆；命征掳前将军傅友德率步骑五万从秦陇进攻成都，东西两路会攻定都重庆的大夏明氏政权。大夏国丞相戴寿亲赴瞿塘峡迎敌，在峡口用铁链锁住大江，并置火炮于两侧高山峡谷。明军水师进攻受阻，退守大溪口。廖永忠挑选八百勇士，放弃水路走“奇道”，越七曜山，走川楚孔道，翻岐阳关，沿清江、永谷，一路南下直到故陵沱，然后一路东下奉节，从侧后向大夏军发起偷袭，与水军东西夹击，一举突破夔门天险，然后顺江而上，灭掉重庆明氏政权。朱元璋亲作《平西蜀文》，对廖永忠偏师奇袭夔门一役大加赞赏，称汤和、廖永忠军“江风浩荡，起我荆幢，泊舟连垒直破瞿关。天产名将，兵出农间，遣使飞捷一刻数关。”

从唐代起，沿岐耀山、清江河、新军河等高山河谷地带就有一条便捷的通道，后经过历代修缮，形成了北接秦巴道，南达荆湘的川楚孔道，因主要是川盐入山、山货出川的通道，被称为“盐马古道”，本地人称“盐大路”。北上中原赶考的学子、挑盐的挑夫、山货商人、鸦片贩子、皮货客以及达官显贵、豪杰侠士、文人骚客、贩夫走卒、善男信女、土匪棒客、引车卖浆之徒、亡命天涯之士，各色人等，络绎齐聚盐大路，演绎了一幕幕烟火喧嚣的风云轶事、一场场汗泪交织的爱恨情仇。

二

长滩河从源头凉雾乡，多流经高山深峡，水流湍急，阴河出没，翼带众壑，行五十里至奉节园坝，右纳四十八岔诸水，十余里至梅子口出水，地势转平，水流减缓，两岸土崩壅塞，不利舟涉，渟滀回涨，蔚然成湖，郦道元所谓“南浦故县陂湖”，又称四十八岔水、梅子水。柏杨坝镇位于永谷水上游的梅子坝，名为柏杨坝。《水经注》载：“其地平旷有湖泽，中有菱、芋、鲫、雁，不异外江。”湖中盛产鲊鱼，味美少刺，称“南坪鱼”，每到岁时伏腊，大户小民，皆到此采购，用于过年烹饪，视为美味。柏杨豆干就是充分利用了优质水源和本地大豆生产一种五香豆干，保质期可达八个月以上，有“固体豆浆”之美称，至今仍是享誉一方的特产。相传清康熙年间，当地官吏进京以柏杨豆干为贡品，被朝廷赐赏为“深山奇食”，被当今人称为“固体牛奶”。此地永谷水岸边还有著名景点大水井古建筑群和李盖五高仰台故居、见天坝大瀑布、福宝山大峡谷漂流景区等，其中大水井古建筑群于二○○二年被国务院确定为全国重点文物保护单位，目前正在申报世界文化遗产。

大水井

作家雨燕在《盐大路》中写道：“虽在大山之间，梅子却是一个水码头，它是湘西出川西的必经之路，一年四季，锅下不熄火，路上不断人。弯弯拐拐的梅子河从齐岳山浩浩荡荡而来，在镇子外边流进一弯沟，顿成一片镜子般的湖面，然后，从天边几棵麻柳树下溜下去，跌进深山幽谷中的一条暗河。”

柏杨坝的陂湖，四周高山环绕，发源于岐耀山上的流水亦汇集于此，称为梅子水。梅子水与永谷水交汇，冲击出大大小小十几块冲积平原，肥田熟地，稻麦飘香。永谷水接纳了梅子水等河流以后，流量大增，一路曲屈破峡，跌下悬崖，在行走十公里后，到达大水井，接纳了从万州区龙驹荆子坝侧黄金洞流出的石笋河，在大水井龙桥河下游汇合，使得永谷水流量大增。此段巨坎截立，悬崖百丈，飞瀑界山，四时伸挂，訇然有声。大水井为李氏田产，李氏家族乾隆年间从湖南西迁，经过三代人的艰苦努力，建起了一个一万两千平方米的山间庄园，雕梁画栋，翘角飞檐，玲珑剔透，城墙环绕，鼓角呜咽，是现存于世、集晚清至民国不同历史时期的建筑风格特点的最大土家族古建筑群，宛如一曲凝固的交响乐，回荡在青山白云之间。永谷水流经大水井处龙桥，该桥是仅容一人通过的天然石桥，其下称龙桥河。从桥上往下看，深逾百丈，江水汹涌澎湃，旁边有一巨石凌空突兀，是李氏家族的天然刑场，曾经私奔不成的男女因为违反族规被推入万丈深渊，葬身鱼腹。

永谷水从龙桥下纳入龙桥沟、荆子坝水，十数里纳入石笋河水，在杉树坪进入云阳县清水土家族自治乡。石笋河源于荆子坝黄金洞，洞内涌泉，巨如水桶，泻为溪流。石笋河是整个永谷水最具魅力的一段，也是国家5A级旅游景区龙缸国家地质公园的核心地带，被誉为“长江三峡最后的香格里拉”。

清水土家族自治乡是云阳县唯一的少数民族乡。该乡地处盆地边缘，属典型的喀斯特地貌，地形复杂，乡内峡谷纵横，沟壑交错，溶洞密布，山高坡陡，土地贫瘠，但环境优美，景色宜人。国家5A级景区龙缸景区的主要景点有龙缸、龙洞、大安洞、石笋河、云端廊桥等，都位于清水乡境内。石笋河从山间潜流数公里，在龙桥河下游突现，喷突飞洒，泻为溪流。永谷得水，径流始大，春夏之交，常有嘉鱼出没，本地人称“羊鱼”：“其头似羊，丰肉少骨，美于余鱼。”石笋河全长十公里，有大、小鱼泉各一。群山四合，众壑交汇，有石笋高数十丈，倚崖离立，白玉拄天，水出其下，如芙蓉出水、美人出浴。

稍下，经过清水塘后龙缸口侧，溪左有悬崖千丈，陡壁刀削，崖半有穿洞，又称“映月洞”，正圆如盘，一洞对穿，每逢秋高月明，皎月东升，月儿穿洞，如玉盘托月，嵌洞适满，清辉光芒，映照山川沟壑。山风飒飒，寒意袭人，林叶沾上月光清露，晶莹剔透，滴落无声。洞顶可见有少许的石钟乳及钙华，中部靠南端还见有水滴不停歇地沿石钟乳滴下，在地上形成一个深约五十厘米的汇水凹坑。据当地村民讲，映月洞先前本是一农户的居住所，洞内的滴水小水凼，够这户人家饮用，至今可见烧柴做饭烟熏火燎的斑斑痕迹。壁右穹崖，有巨坑曰龙缸，上窄下宽，形如巨缸，周围两里，深达千丈，上有横石迭卧，直伸缸中，长达数米，状如鹰嘴，称“鹰嘴石”。游人立此下窥，龙缸一览无余，如临深渊、如履薄冰，知难而退。投石其中，逾刻乃听回响，萦回悠远，传习良久。

二〇〇七年二月，重庆市探险协会人员首次利用世界上最先进的单绳升降技术SRT下降到龙缸缸底，采回了很多有价值的科研地质资料，二〇一三年五月，重庆“勇者探险队”会同中国地质调查局成都地质调查中心和中央电视《地理·中国》栏目，来到龙缸天坑进行实地科考，发现人类熬硝遗迹。探险队员站在缸底，面对四壁陡立，苍穹椭圆，鲜见曦月的险峻之地，不禁感叹前人是如何下到垂直高度三百三十五米的坑底的。

龙缸

龙缸右，山胁有阱，阱侧崖然成洞，幽深莫测，洞中乳石成物象，参差错落有致，物幻成世间百物，有龙床微张之形，尤以龙迹为最，当地人称为“龙洞”。复如溪，亦有石笋立于中流，渐削至巅，耸立若笔，一柱擎天，高约数丈，直刺苍穹，石笋河因此得名。崖亦高狭，溪流弥深，崖半有洞曰“大安洞”，洞口高数十丈，外为城堞，有两径，自溪登岸，只有两条小径通顶，洞内三重，唯前洞宏畅，可以容纳百数人，二洞以上阴湿，里面洞径相连，不通人迹，未知其深几许。有好事者曾经放羊入洞，居然在十公里外的盖下坝走出，山川之险、洞穴之奇，可见一斑！晚清民国时期，刘、焦、彭三姓人家，利用险峻的地形，在此构筑避难之所，他们用本地出产硬度极高的龙古石作原料，在洞口外围修筑了一圈儿城墙，防止土匪、棒客入侵，使族人安然无恙。

岐阳关遗址

薰草镇境内主要山脉是长岭，三十公里的长岭西起盖下坝，东到泥溪口，山高坡陡，地形险绝。长岭迤逦如长龙，中部高耸入云，两头渐渐低去，一头扎进新军河，一头伏入永谷水，形如巨龙微鼾，龙皤凤隐，云雾蒸腾，是永谷水和新军河的天然分水岭。岐阳关雄踞在长岭山顶，自古为兵家必争之地。

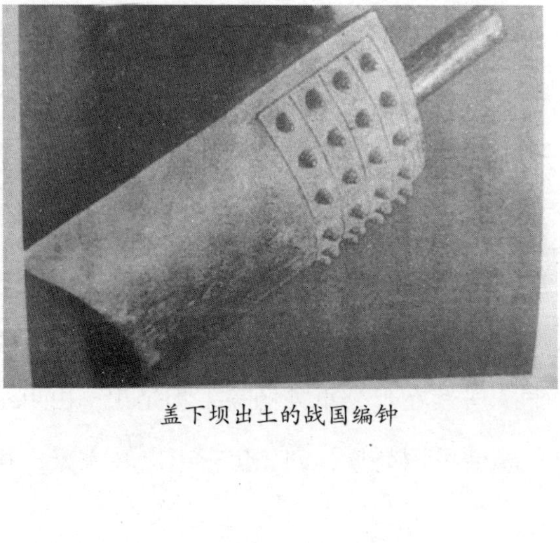

盖下坝出土的战国编钟

永谷水一出石笋河峡口豁然开朗，溪平流缓，有平坝千亩，称为盖下坝。峡口有大、小鱼泉汇入，尤其是小鱼泉，游人在此经过，高歌长啸，则泉大涌出，羊鱼随泉而出，声竭乃止，不知原委。此奇观一直延续到二十世纪七十年代修公路时，有不法之徒盗取工地炸药投入鱼泉洞，轰然炸响，羊鱼上翻，血染溪水，从此再也不见鱼随泉涌，奇观就此湮灭。盖下坝有民居数百家，皆附山麓，良田千亩，颇殷实，道通奉节、施卫。二十世纪九十年代，我曾在此地办理过一个文物被盗案，追回战国编钟一座，编钟的出土地亦在盖下坝的山丘，而本地文献、方志皆无记载。追回的战国编钟至今仍保存在云阳文管所，成为重要的馆藏文物。这片神奇土地的过往总是让人浮想联翩。

永谷水又东经双河口，流经冉家营至盐井溪，溪中旧有卤泉，先民在此熬泉煮盐。冉家营是我县著名诗人、书法家、革命家、金石篆刻专家刘孟伉（原四川文史馆馆长）的故乡。二十世纪四十年代，刘曾任川东游击纵队岐南支队司令员兼政委，在川鄂边一带打游击，远袭恩施板桥乡公所、占领蕖草镇、攻打岐阳关、攻占土祥。二〇一九年，著名云阳籍作家李乔亚以岐南支队的斗争故事创作了长篇小说《铁血七曜》，艺术地还原了革命先驱在此纵横岐耀、铁血长歌的革命传奇。

二〇一三年，盖下坝水库建成，淹没了整个盖下坝和蕖草、云峰、羊市、堰坪的多个村社，永谷流水，顿失滔滔，三十平方公里的湖面被命名为“清水湖”。清水湖烟波浩瀚，鱼鸟相亲，水质清冽达一类饮用水标准，藏在大山深处的永谷水终于揭开了她神秘的面纱，笑傲江湖，睥睨同类，与石笋河、龙缸、龙洞、大安洞并驾齐驱，成功申报国家5A级旅游景区，跻身全国景区百强。

唯有那埋藏在水底的青铜时代，已成旷世挽歌，期待着水下考古，重见天日的那一天！

三

永谷水从盖下坝流出后，进入五公里长的老鸦峡，石笋溪水绕流，岸窄处不足五米，抬头望天，一线渺然；低头看水，激流奔腾。扁舟犹如箭矢，两边猿巢相接，时有攀猿飞落树丛，飞腾对岸。投石水中，惊起阵阵波澜，或在游人头顶拈花一啸，瞬间没入莽莽丛林，不见踪影。二〇一五年，曾有旅游者不听劝阻，私自闯入没开发的老鸦峡遇险，在救援过程中，有消防战士落水牺牲。

出老鸦峡后，永谷水北接长岭岗、岐阳关来水，东接奉节马石坪、黑水溪来水，进入下游的黄陵峡，被命名为长滩河，出云峰、绕堰坪、经羊市，流经三十公里到达故陵镇。在堰坪陈氏庄有一大片竹林，沿河连绵数里，青翠欲滴，有成百上千的白鹭栖息其间，它们每天早出晚归，溯水上翔，飞至永谷及其支流，饮琢游弋，在饱餐嘉鱼后回到大竹林，白茫茫如雪花飘落，覆盖山间，成为一景。永谷水再经过刘家坝、兴安坝，到羊子嵌。山势孤峭，水流变缓，两岸有狭长平坝，适于耕种，有民居数百家，列屋山麓，耕于平坝，渔樵自给，岁时燕乐，傩赛歌舞，不异城市，为奉节“兴安坝”。永谷水又北经祖师庙，右受小溪水，经九盘沱、象鼻架，木鱼包至羊子嵌，穹崖对立，水出其间，莽莽一线，有石突兀形如羊，故名“羊子嵌”。此地地形险要，是通往云阳县江南及鄂西的咽喉，似同夔门。

清咸丰年间，薫草贡生曾锡光，捐钱在羊子嵌修建铁索桥，名“天成桥”，老百姓称“羊子嵌铁桥”。曾锡光自捐钱千两，兼募集众金，“冶金为柱，植于崖石，复连铁索，两端属柱，剖木包索，外裹铁叶，铺板其上，庇以雨棚，翼以栏楯，工竣，天堑通途，莫不颂之”。此桥极大方便了两岸群众往来，也成为永谷水上的一景：“原夫别骑流连，乡心顾盼，铁柱高梁以横翠，河水翩翩而逆浪，徘徊浮柱之侧，睥睨永谷之上，山月园窥，铁索沉浸，银波烁烁，水寒风冷，一钥此嵌，东川无恙。”天成桥堪称永谷版的“泸定桥”，可惜这处胜景现已杳无踪迹可寻。 水晶宫在堰坪境内的长滩河关口，源于薫草后坪横梁子、双土地的水合流到关口，两水斜对，中游有孤阜当流，椭圆如獭，尾低头高，方圆约二百见方，上建有道观水晶宫。水晶宫不知何时所建，晶莹玲珑，依势就形，长形高旷，一灯如豆，香烟缭绕，翘角高檐，与水岚江雾相沉浮，有如蓬莱龙宫，当地人称“水晶宫”。宫观四面临水，无论洪灾巨流，皆不没于水，静若处子，安之若素，绽放在长滩河的深山流水间，为堰坪一大奇景，如今也已湮灭。

永谷水出堰坪，又曲流左经百佛寺，东受翁家沟水，水源出后坪大梁，左纳郑家沟水；又左受老沟水，北入黄陵峡（黄陵峡有“小三峡”之称，两岸陡壁，略无阙处，山形孤峭，水流急促，小船从此地下行，快如箭矢，峡中有洞，相传有仙女依洞口，吹箫弹唱，怡然自乐，晨雾弥漫中，朦胧初见，近观则随雾消散，飘逸入洞，故称“仙侣洞”）；又东至斑竹园，北至长滩河，纳入赶场坝诸水，流经二十里到达故陵后山。在故陵后山的故陵村，产“巴乡清”酒，用本地红高粱，吸纳永谷山泉水，酿出的酒芳香飘逸，烈性十足。此地酿酒始于春秋，秦汉时期闻名遐迩。长滩河里还出产灵龟，据说能预知天象、卜人祸福，蜀汉年间，曾献于相府。这里有古蜀汉丞相诸葛亮驻兵遗址——坪扎营天鹅岛。相传刘备在夷陵之战失败后，诸葛亮临危受命，在川东一线布兵设防，防止东吴溯江而上攻占蜀国夔乌一线。坪扎营天鹅岛就是其中的设防阵地之一。永谷水与长江交汇处下游的庙矶滩，有抗日战争时期川东江防的重要江防堡垒——庙矶炮台。

故陵临江跨河，两江交汇，长滩河由南向北横穿故陵镇。故陵人傍水而居，日日与大江相砥砺，形成了敢于冒险、勇于任事的性格。早在晚清时期，石棹甲（故陵）人覃联升、覃廷举兄弟，加入湘军鲍超水师，覃联升因水性一流、作战勇猛而升副将衔。

拂开历史烟云，春秋战国时期，楚国开始了大规模的灭巴战争，我们以擅射著称百步穿杨、威武善战的祖先“板楯蛮”开始了顽强的抵抗。公元前641年，楚国联合成都平原的蜀国两面夹击，才灭了巴国。第二年，楚公子丹阳巡视巴地，逝于故陵，在故陵修筑了高规格的陵墓，号称“六大坟”。此时，我们的祖先巴人退入永谷一带，凭险据守。后来巴人余部退入酉、辰、沅、巫、武，称“溪长”，号“五溪蛮”，而后逐渐发展壮大，统治湘西八百年之久，直到清代“改土归流”之后才纳入中央政府管辖。后代经过繁衍演化，成为栖居渝、湘、鄂交界地带的古老民族——土家族。故陵“六大坟”的考古发掘从二十世纪九十年代一直延续到库区蓄水前，出土了大量珍贵文物。关于楚公子的死是否与巴人有关已无从查证，真相永远泯灭在历史的长河中。也许巴人的最后一搏，如利簇穿骨、短剑入喉，似长虹贯日，惊沙入面，在古老永谷水上久久不散。

一百八十里的永谷水在流经鄂西八十二里，奉节、云阳九十八里后，绕故陵后山，在水瀼口一头扎入长江，一路穿山破峡，一路跌宕起伏，一路悲壮连绵，一路高歌猛进！

十六

下岩寺的厚朴树

下岩寺又名燕子龛、古书岩、云岩寺、亿佛寺，位于原双江镇塘坊村的长江边上，与我的家乡磐石镇隔江相望。该寺始建于秦、汉时期，兴盛于唐宋，衰败于近代，是一个有着两千年历史的古老禅院。据宋人杨辅《古书岩留题》记载，唐天宝年间，定州无极县人刘道禅师云游至此，留恋庙宇结构精奇、景色清幽，遂长住不往，带领徒众开凿成寺，并圆寂后安葬于此。唐开元末年（公元 741 年），著名诗人王维途经下岩寺，写下了著名的五律长诗《燕子龛禅师》，诗人这样描写下岩寺："瀑泉吼而喷，怪石看欲落。伯禹访未知，五丁愁不凿。"宋神宗熙宁元年（丁未年，公元 1067 年），苏轼、苏辙乘船途经长江边的夔州府云安县，上岸游览下岩寺，与黄庭坚偶遇，同游下岩寺，留下"子瞻、子由与侃师至此，院僧以路恶见止，不知仆所历，有百倍于此者，丁未正月二十日书"的题刻，尔后，范成大、陆游、郭印、令狐庆誉、杨迈、方廷桂、涂凤书等文化名人都曾到此游览，并写下了大量脍炙人口的诗篇。后人在下岩寺西侧建“三贤祠”以纪念苏轼、苏辙与黄庭坚的偶遇，三贤祠与云岩寺、下岩寺共同构成了下岩寺景区，鼎盛时期有僧人数十人。由于地处长江边，还塑有几米高的燃灯菩萨，据说多次显灵保佑行船安全，受到行船人的顶礼膜拜，其建筑遗存在民国时期还颇具规模。

下岩寺寺址是一块向内凹进去的岩石，两边岩石有褶皱，中间凸出，酷似一本翻开的书，又称古书岩，是一个开凿在长江边一陡壁上的长方形石窟，石窟面积有三百平方米，高三丈有余，洞壁西头有清泉渗出，清冽可饮，壁上雕刻着大大小小的众多佛像，大者一两丈，小者仅两三寸，所以又有“亿佛寺”的称谓。临江面砌有围墙，石窟的两边塑有几米高的燃灯、弥勒诸佛。后来又沿着山岩扩建了一所寺庙，内靠岩壁，外临长江，三进院落，依势升腾。大殿供奉玉皇大帝和太白金星的佛像，称云岩寺，重楼碧瓦，香烟缭绕。围墙外有大片的斑竹林。石窟顶部一年四季都有一股清泉飞流直下，远远望去，如翠竹掩映的水帘洞一般，山水形盛，临江独放，四时苍翠，景致奇绝，被称为“云岩滴翠”，为云阳八景之首，亦是长江边有名的禅院。上有飞瀑高挂，下有大江东去，隔江远眺，祥云环绕，梵呗传声；绿荫深处，别有洞天。

年老的外婆和年少的我见到的下岩寺，不是一个模样。外婆年轻时见到的下岩寺虽已衰败，但规模还在，风韵犹存。云岩寺正殿和三贤祠还在江浒崖边矗立，大大小小的佛像还算完整。下岩寺在江风残照中还有唐、宋王朝风姿绰约的影子。

我十岁那年，外婆已经六十多岁，尽管她缠过小脚，但还在田间家里忙碌。有年“七月半”，外婆劳作了一天，请算命先生写了“符子”，杀了那只被我用弹弓打折腿的老母鸡和那个不下蛋的笋壳鸭，办了一桌丰盛的午餐，点上香，在地坝边焚烧符子。外婆边烧符子边念念有词，全然不顾饥肠辘辘的我们，当我坐在桌边伸手动筷子时，外婆进来说："等一下！让长辈先吃。"然后她又倒了几杯酒，舀上几碗饭，把饭掺上水，洒在地坝边烧符子的地方。祭祀完毕后，我们姊妹几个才开始大快朵颐，很快就风卷残云般一扫而光，而外婆仅仅只喝了一碗鸡汤。

第二天，外婆开始发烧，肚子胀，不思饮食。虽然她有扯草药的祖传手艺，家里也备有草药，但喝了几碗文火煎熬的草药汤，还是不见好。母亲要她去看医生，外婆说："不用去医院，是你老汉想我了，昨晚给我托梦了。也怪我，七月半忘了给他烧符子，现在恶鬼上身了。我明天要去下岩寺上香！"母亲知道外婆的性格，也执拗不过她，便叫我陪外婆去。

那时候，我的外公，已死于土匪之手四十多年了！

第二天一早，外婆取下墙上的藤匣叫我背上，藤匣类似于赤脚医生的药箱，里面有锄头、砍刀、剥皮刀、药酒、麻绳和抓钩，这是外婆以前上山采草药的专用工具箱，今天额外装了一些香蜡纸烛，因为要去下岩寺敬香，还嘱咐我带上火柴。我和外婆来到磐石下码头，坐船过江去下岩寺，上船时，胡子嘎嘎（艄公）和外婆说："卢二姐，要下雨了，下雨发了淘浪就要停航，是不是改天去？"外婆说："不用，这个雨不会下多长时间。"于是我和外婆就乘着那只白木船漂荡过浑浊的长江，来到了下岩寺下的塘坊码头。末了，胡子嘎嘎把船上的两顶斗笠借给了我们。

上岸以后，雷声开始从西边滚来，刚才气球般大小的云朵一下被一张大嘴快速吹胀，天际的乌云迅速膨胀压过来，上游的一里峡发出汹涌澎湃的涛声，昏黄的江面夹杂着鼓泡、旋涡、急流、杂物一股脑儿冲向我们上岸的码头，天越来越黑，雷声夹着闪电在头顶脆响，近在咫尺的下岩寺已是黑魃魃的身影。我牵着小脚外婆沿着江边小路刚走不远，外婆就说她知道一条近路，于是就改变路线，走上了一条荆棘丛生的小路。我拿出砍刀，按照外婆指引的方向砍出一条路，不一会儿就来到了下岩寺的洞门口下面。外婆几乎不像先前那么着急，她突然惊喜地叫住我，指了指一棵椭圆形叶子的树，说："莫忙走，这是金贵的紫油朴，是一味好药。"

我们来到这棵树下，外婆拿出薄皮刀，熟练地开始剥皮，又叫我用砍刀砍下几枝带叶子的树丫。在我的一再催促下，我们沿着陡峭的茅草路，来到了下岩寺的西门。

大雨随即倾盆而下！白色的雨点如万箭齐发，从天而降，笔直地射向地面，在干涸的江边沙坝和泥土道上砸起一片烟尘。雨落长江，万箭穿心，如汤鼎沸，静谧的江面瞬间一片茫然。

我和外婆坐在下岩寺的一对石杵上，外婆拿出香腊纸烛，对着黑漆漆的石壁墙面开始烧香。我仔细打量这个大人们口中的下岩寺，两尊被临时塑上去的菩萨立在乱石堆上，外婆告诉我那是燃灯菩萨，保佑行船安全，但明显缺腿少胳膊；另外一个手托宝瓶的菩萨还算完整，但是手中宝瓶只剩下一半，是药王菩萨，专管治病的。外婆说今天药王菩萨显灵了，要不是下雨，就不会走小路，也就不会发现那棵紫油朴——医书上称"厚朴"，这种树树皮和叶子就是治她的病的。末了，外婆叫我不要喧哗、不要乱走，她自己则跪在菩萨面前，喃喃自语，烧纸念咒，虔诚地敬起菩萨来。

下岩寺飞瀑

我坐在石杵上，打量着长江，只见江面一片迷蒙，虽然快近中午，上下的轮船仍然打着探照灯蜗牛般地爬行，沉重的机器轰鸣声和长长的位时声（鸣笛）响彻峡江两岸，江对岸的磐石古镇影影绰绰，完全看不清模样，只是江边小镇上那几棵巨大的黄桷树挺立在风雨中，把我们居住的老街遮蔽得严严实实。我锐利的目光扫视着对岸，没能寻找到过河船的身影，眼前只有雨雾茫茫的江面，远山近水，天地茫茫，我不由得担心今天怎么回去。近处下岩寺外的那条小路，此刻由于山水汇集，已经成了一条奔腾的小溪流，如果不是外婆临时改变路线，我相信我们一定会被困在溪流中，还会陷进泥沙里，脚都会拔不出来的。我望望外婆，见她笃定的样子，也就卸下一丝紧张。

再近处就是县志上说的“修竹万杆、绿树四合”下岩寺，其实身在其中，才发现竹子并不多，树木也很寥落，那个下岩寺的院墙早已是断壁残垣，从崖壁上飞流直下的那股瀑布，由于山洪爆发，显得更加气势磅礴。飞瀑从天而降，落在下岩寺檐前的一片乱石中，溅起一朵朵雪白的水花。水花四散飞溅，碧玉碎屑，风吹雨雾，飘洒散落，飘入寺内。雨雾弥漫，虽然已是盛夏时节，也不免冷风飕飕，寒气逼人。寺内漆黑一片，外婆点的蜡烛在几次熄灭后，又点在了洞内隐蔽的背风处。在昏黄的灯光下，我盯着塑在洞壁上的那些佛像，一数几乎有几百个，还不包括那些因为时间久远漫灭不清的石刻佛像。这些佛像全是就地取材，工匠们在坚硬的洞壁上开凿，只是岁月让他们缺头少腿，分化殆尽。但有的也能清晰可辨，甚至还有淡淡的朱砂红和矿物绿，还有褐色的面容和肉色的笑靥，神态各异，无一相同，栩栩如生，庄严古朴，高古清峻。密密麻麻的佛像几乎刻满了寺内洞壁，遗憾的是，那些一两丈高的大佛像被那些无知无畏者肆意破坏了，所剩无几。幸存下来的燃灯菩萨和药王菩萨两尊大佛像被人们悄悄安放，但由于毁坏严重，已不复当年慈悲肃穆、法相金身、庄严慈祥的面容。这些佛像都是历史的遗存，是两千年来数不清的能工巧匠带着虔诚的心雕刻出的作品，他们以錾子为笔，山崖为纸，与明月清风为伴，精雕细琢，青灯冷月，夙夜劳作，谱写了这幅摩崖石刻长卷，在长江边留下了这篇鸿篇巨制。虽然不能与敦煌石窟、龙门石窟的佛像石刻相比，可它也是代表了两千年前峡江工匠的艺术水准。而那面墙壁因烟熏火燎而变得黝黑发亮，显然是多少年的焚香烛火、梵呗禅音才造就的这般历史斑驳，足以证明经历了多少春花秋月，见证了多少人间沧桑，承受了多少顶礼膜拜。

雨渐渐小了，外婆膜拜仪式结束，她招呼我跪下，对着两尊大佛和数不清的小佛像三拜九叩，并一再叮嘱我要虔诚，说："你要仰望菩萨的眼睛，他会看见你的内心，原谅你的过错。"我照做了。当我和菩萨那惠光四射的目光对视时，我就为用弹枪打断母鸡的腿这件事深深忏悔。

这时雨过天晴，一道绚丽的彩虹挂在下岩寺瀑布的崖壁上，七彩的虹呈半圆形横跨在我的面前，风雨沉寂，鸟鸣声起，我疑心是不是牛郎织女错过了相会的时间，才在这七月流火、大雨初霁之际姗姗来迟，到这风雨之后的下岩寺相聚！飞流直下的瀑布已经由黄白色变成纯白色，恰似一条银练从天而降，飞溅的水珠如密雪翠玉，江中的旋流与七彩的虹共同构成了一幅雨过天晴的奇异风景。一江浑黄的水流从一里峡汹涌而下，发出轰轰隆隆的波涛声，这就是胡子嘎嘎说的"发淘浪"。以我家乡盘沱和下岩寺之间宽阔的江面为背景，从上游一里峡澎湃而来的江水泛化成古罗马的斗兽场，互相搏击、鲸吞、咆哮、撕咬，在旋涡密布、回水纵横的江面短兵相接、浴血杀伐。两边的水流也从岸上沟壑间汇入长江，形成万壑奔流、千水一线的景象。

外婆说："起杠了（彩虹），天晴了，我们回去！"

我背起外婆的藤匣，把厚朴皮和枝叶卷好放入匣中，牵着外婆的手，朝塘坊码头走去。为了避免陷入泥沙，我们绕道下岩寺后山到塘坊码头，经过传说中的三贤祠和云岩寺所在的那片山脊，看见了山崖石壁上还有着巨大的桩洞，这就是原来支撑三贤祠和云岩寺基础的桩洞。原来的三贤祠和云岩寺依山而建，鳞次栉比，直冲云霄，似忠县石宝寨的造型。外婆年幼时曾经见过它在水一方的庄严。外婆又滔滔不绝地讲开了：四十年前，外公被仇家陷害，乡丁以偷税为由将我外公五花大绑，关押在小江乡公所（双江镇）。外婆闻讯后，把银圆扎在腰上，沿着河边从三坝溪步行到双江去赎人。途经下岩寺时，也是突降暴雨，外婆进入下岩寺躲雨、进香许愿，受到方丈的接待。方丈叫小僧去给着急上火的外婆在寺庙外的厚朴树上割了一把厚朴皮，还请外婆吃了斋饭。外婆临走时，方丈对她说："施主不必惊慌，一切上天自有安排！"

第二天，外婆领回了奄奄一息的外公，外婆用下岩寺方丈给的厚朴皮和老姜一起制成汤药，调理好外公的身体。之后，两个人又一起去下岩寺还了愿。

那时候的下岩寺飞瀑流泉，香雾缭绕；云岩寺耸立江浒，巍巍庙宇，黄墙碧瓦，庭院深深，佛像高古，梵声悠扬，是峡江两岸善男信女的最佳去处。每天前来进香的人络绎不绝，有僧人若干，庙田多处。临江悬挂一帘瀑布，使翘角飞檐的寺庙生气勃勃，掩映在绿树翠竹之中，江上远眺，禅意盎然，为川东名刹。只有三贤祠摇摇欲坠，偶有几个本土文人在此流连，对酒当歌，骊酒赋诗，看大江东去，听梵呗传声，写一些莫名其妙的诗句。在那个黑白颠倒、虎狼横行的乱世，那悠扬的梵呗声和江面的涛声，以及长在寺庙外的厚朴树，让我外婆和她一样受生活磋磨的黎民百姓，享受到烟火人间的精神温暖和实实在在的身体疗伤。

我们终于走上了塘坊码头的沙滩，雨过天晴后，骄阳照耀的沙滩依然洁白，大雨已经扫平了先前的脚印。我们走向渡船停靠点，在空无一人的沙滩上留下了两对半的足迹，那是我和外婆及外婆砍来的厚朴树枝手杖的印记。江中，母亲乘着胡子嘎嘎的小木船向我们靠岸，她站在船头，撑着一把黄色的油纸伞，像一只盛开的蘑菇，远远地，喊我们回家！

《本草纲目》记载：厚朴味辛、性温，具有行气化湿、温中止痛、降逆平喘的功效。主治食积气滞、腹胀便秘、湿阻中焦、脘痞吐泻、痰壅气逆、胸闷喘咳。它何尝不像庙里那些雕刻在岩壁上的佛像，厚重古朴，温暖平和；超度苦海，普度众生。

外婆用厚朴树皮和树叶制成汤药，不仅治好了自己的病，还帮助了不少人治好了类似的疾病。

现在野生的厚朴树在我们本地已经绝迹，药房里的厚朴几乎全是人工种植的，其药用价值不可能和野生厚朴同日而语。

我无言以对！

十七

七月半的月

今年夏天天气出奇的炎热，进入七月以来，已经连续二十多天气温在四十度上下，一早一晚是难得的清凉时光，尽管比白天温度稍低，但离开空调根本无法入睡。于是，这个江边小城的家家户户都开着空调，在空调主机嗡嗡的转动声中酣睡。

凌晨两点钟左右，我从梦中醒来，关上空调后的房间又渐渐热起来，再开空调又觉得头昏脑涨，浑身不适。便索性起床，到阳台枯坐，点燃一支烟，把目光投向长江和山头的那轮圆月。

我住房阳台临江直线距离不到两百米，由于房子建得比较早，是整个小城唯一的临江挑梁阳台，直直地伸向长江的方向，有着一百八十度的观望空间。此刻中元将至，月挂西山，临江看水，意气盎然。

明月在九龙山山顶一杆高的位置，呈现出黄色的月晕，那轻柔的月光静静地普照着后半夜的小城。月亮好大好圆，却不如中秋月那般皎洁，也不似春江月那般清凛，她将白天火热的太阳替换，一副温润祥和的模样，黄红交织，如黄柚一般，又大又圆。如水的月光无声流淌，一袭淡淡的轻烟是水气、山岚、月光、夜航船灯光在子夜里相互浸润，水墨山水写意成风姿绰约的高光时刻，月挂西山，风掠大江，远山如黛，近水迷茫，如梦似幻，如诗如画。不禁想起李白的《山中与幽人对酌》：

两人对酌山花开，一杯一杯复一杯。
我醉欲眠卿且去，明朝有意抱琴来。

我想李白也是在这样的夜晚在山花下饮酒，一定也是明月之夜，幽人、明月、山花与他为伴，而我却独坐阳台抽烟，江风微送，烟雾袅袅，也许风和我一样寂寞，才吹向了寂寞的我。然而在这寂寥的夜晚，大好的月华属于我，我又何言寂寞？午夜的静谧和朦胧的山脊以及静静流淌的大江给了明月一个庄严的背景，她把昏黄的月辉静静地倾泻在远山近水，于是远山那一半月光中的绿色树影，在月光下熠熠生辉，成为群山的盛装，而在背月处的另一半山峦却是黑漆漆的犹如魑魅鬼怪般静默，成为一片漆黑的月华背影。圆月的光辉倾泻在波光粼粼的江面上，闪烁着无数的光斑，粼粼微波随着微风逐波前行，幻化成无数个月影，在宽阔的大江上随着波浪的沉浮有节奏地起落。星星点点的月光形成一条长长的光带，从南岸山脚的江岸踏江而来，延伸至我楼下的江面，一半是月华，一半是水波，犹如一座月光搭建的浮桥，横亘在我楼下的长江之上。

大江不眠，江流无声，宽阔的江面注定不会寂寞，上下的航船在碎玉般波光闪烁的江面滑行，悄无声息地行进在江面上。船头的探照灯射出长长的光柱，扫视着宽阔的江岸，那是辛勤涉江者不眠的眼睛。而大多数船不开探照灯，只是船头的警示红灯在旋转，他们用的是雷达导航，已经不需要探照灯的指引。那黄色的月光和红色的警示灯构成了长江里天人合一的奇妙景观，一半是天之巨浸，一半是人间烟火。

中元节（俗称七月半）是个特殊的日子，传说是亡人们过年的节，按照《易经》记载："反复其道，七日来复，天行也。"《诗经》里曾这样描述"七月流火，八月授衣"，而民间则称之为"鬼节"，有"烧符纸"祭祀的风俗，家家户户都有烧纸祭祀祖先和已故亲人的传统。大人们反复叮嘱小孩儿晚上不要出门，白天不要下河凫澡，更不要和人发生冲突，家里来了昆虫类物不要伤害它们，说是那些来到你家的鸟兽虫蛇是你家的祖先回来串门。在习俗节的这几天，每家都会为逝去的亲人包上一封封"符纸"（阴币），再写上他们的姓名，备上一桌午餐佳肴，摆上碗筷，倒上酒，请亡人回家过节用餐食。半小时后把为他们用水泡的饭倒掉，代表逝去亲人已经享用完餐食，随后全家老少才上桌开席进餐，席间无言用餐，不高谈阔论，这是一年中缅怀先人最严肃的一餐。下午在天黑前将"符纸"拿去野外烧掉，烧时不能用东西捣弄。此习俗除了祭祀祖先和让其保佑在世子孙的平安昌盛外，还有就是给亡人烧买衣物的纸钱，意思是让亡人们在阴间不愁吃穿，过上好日子，这就是民间的"烧包桶水饭"习俗。

我的父亲，生前是供销社的一名普通职工，幼年丧父，年少持家，一辈子兢兢业业，勤俭节约，与人为善，是同事和邻居眼中德高望重的好人。他很早就戒烟戒酒，身体一直很好，却在七十八岁时不幸罹患不治之症，几经治疗，病情仍然反复加重。我记忆犹新的是当他得知病情已无力回天时，那无助失望的神情：早已瘦骨嶙峋的老父亲拒绝了无休止的输液，在不吃不喝十天后黯然离世。现在他老人家静静长眠于江对面月光中的山坳里，我能迅速找到他长眠的位置。十多年过去了，多少春花秋月、风霜雨雪，父亲长眠青山，而我们只在春节和清明时去他坟前叩拜祭奠。按照他生前的习惯，我们几乎没有给他烧过纸钱（因为他从小就随着奶奶拜过福音教，按照教义是不需要烧纸钱的）。忽然间，一只蝉飞到阳台上，我打开灯的时候他会大声鸣叫，关上灯叫声会小一些，后来他发现我坐在那，就拼命地往外飞，几次都被窗玻璃挡回来，最后无力地掉落在阳台上，一动不动伏在阳台的一角，静静地和我相处，不鸣不叫，直到月落西山，四周一片静寂。在我忽明忽暗的烟头明灭中，蝉奋力振翅，朝着楼下黑黢黢的公园展翅而去。

在这个月夜，在一个人的阳台上，我伴着七月半的月光，脚踏波光粼粼的月光之桥，凝视着父亲墓地方向，眼帘挂满了亮晶晶的月亮，大地潮湿，山河迷蒙！

十八
云阳白山羊记

云阳有山羊，六畜之珍，先民牧养，源远流长，其时曰周，其名曰庸。《华阳国志·巴志》载："其地下湿，多朐忍虫，至不容足。（其地）土植五谷，牲据六畜，牛羊稽首。"《民国县志》载："民国廿九年，全县山羊十点一万只，户均一点八只……羊皮尤利市，皆因其皮质致密，拉力强劲，西人设贸，比之秦陇裘价，或时过之。"

一九九七年，云阳县被评为全国山羊生产示范县。二〇一九年，云阳白山羊申报国家地理标志并获商务部、工商总局通过，商标授牌，荣誉认证。千年传承，峥嵘又现，为之记：

古邑朐忍，新城云阳，一江四河，南北交相，家有盐铁之利，户有山川之才，土地肥美，有蔬食果木之膏；山川辽阔，承鱼羊稻麦之饶。山势陡峻，鸟道极天，入山数里，必有平旷，四时多云，山水之阳。地灵人杰，扶嘉、李远、程雪楼；物华天宝，井盐、桐油、白山羊。

云阳白山羊，属渝东羊种，身材修长，四肢短小，双耳招风，对角尖梢，一尾高翘，通体雪白，不类朔方。日与山地草场相砥砺，短小精悍，矫健异常，登高如履平地，游走好似蛇蟒。采食百草，喋饮清泉。纵之则翻山越岭，直走青阳；嗟之则出没荆棘，伏之草莽。成群结队，咩咩数鸣，美目顾盼，独立山梁，萋萋芳草，迁之山野，缀之草场，如白雪飘落，飞絮覆疆。《本草》有记载："（山羊肉）益人冷劳，疗骨急强，治男子精寒髓立，妇人赤带白下，利产妇、补虚劳，泛不育，滋阴壮阳。"

云阳白山羊

其头尖俏多须，面目清爽，七巧生韵，目辨嘉禾，舌触馨草，鼻嗅美央，齿嚼芳芷；其毛须发皆白，繁密紧凑，独立挺拔，轻柔倒伏，耐寒保暖，天地馈赠，纤维丰富，为化工制衣原料；其体四肢俱短，山地疾走，草场匍匐，逐美英、食芳薇、远污秽、喋清泉，干净清洁，维维群群；其头羊颈项系铃，便于放牧人循声而望，其声如清庙之瑟，一步三叹，寥寥数声，唱彻原野，是为先声；其角为劁匠所用，行走乡村，鸣于闾巷，劁猪骟羊，是为号角；其骨硬而奈炖，油汁丰厚，筋骨连绵，葱花点缀，香飘四溢；其味膻腥，一人食之，举室皆闻；其肉鲜美，入口吞摄，嚼劲满口，唇齿留香；其皮致密、皎如雪、白如绸、起层多、拉力强，无瑕疵痘疤，如乳汁凝脂，白纸一张，了无杂迹，人称“云阳板皮”，为皮革厂免检产品，畅销中外，享誉四方。

山羊全身皆美味佳肴：爆炒羊头、粉蒸羊肉，清炖羊骨，红汤羊杂，烤全羊，酒泡羊睾，炖羊腿，煮羊排，带皮羊肉，清汤羊杂，不一而足。其中“云安羊杂”为羊杂之正宗，羊肺，羊肠，羊腰，羊肚，羊心，羊肝，烹煮一锅，加入本地红海椒、酸姜、大蒜、香葱、橘壳、荷叶、陈皮、香叶、八角、桂皮等，半夜熬煮，秘法烹制，汤色油亮，膻味全无，火锅熬煮，香飘四溢，历经百年而不衰，经传承而愈浓。羊脚本为弃物，云阳人独创一味，化朽为奇，变废为宝，卤煮烫烹，享誉一方。双江大桥之“万彝羊脚”，碧榕路之“得月楼”，北部新区之“老街羊脚”餐馆，味道为最：香辣、孜然、泡椒、糖醋、粉蒸、卤羊脚、红汤、清汤、鸳鸯、羊脚火锅，蒜烧、凉拌、清炖羊脚，五花八门，琳琅满目。男女老幼，围坐一堂，席地飞觞，呼酒买醉，觥筹交错，汁油横流，翻肥拣瘦，连口直吞，澎湃汹涌，风卷残云，碗筷飞舞，杯盘狼藉，偷生之乐尽享。

云阳白山羊，盛产吾乡，尤以山地、河谷、草场、丘陵为最，历史悠久，渊源深厚。民国时期即有西人设贸，海内尽知；农人牧羊，遍及山场。中华人民共和国成立后又成主要畜牧产品，养殖种群扩大，遍及全县，农户尽养。山羊板皮为行业标准，多次承接全国山羊养殖现场会，群贤毕至，震爆一时。羊皮为料，手工为主，工艺为辅，销售为助，精雕细琢，飞针走线，温润适度，形胜俱佳。皮衣、皮帽、皮鞋畅销一时，羊绒、羊毯、羊毛脂质量上乘，出口创汇，产品众享。政府因势利导，成功申报国家地理商标。邑人慷慨：“谁尔无羊？三百维群！岂曰无衣？与子同裳！”

乱曰：“白山羊何以成商标？羊肉何以成佳肴？”盖其基因强悍、精血传承，翻大山，走峭壁，食百草，喋清泉，避荆棘，梭河谷，伏蓑草，晒阳光，顶风冒雪，山野徜徉，强筋健骨，祛肥留脂，吸天地灵气，享百草精华，为著名地标，成一方美飧。

十九

相思茶记

黄石有山曰一心梁，临澎溪之铁炉沟，澎溪河浩荡北来，在此受李家大梁阻挡，折而向西，携澎溪妙曼之雾，着两江骄阳之光，雾化成潮湿温润之气，浸一心梁之尾翼，凌波微步，踏江而来，沿山笼罩，渐渐升高，如巨龙飞舞，腾云驾雾，似天降祥云，铺天盖地，直上主峰之万家老屋。云雾茫茫，松柏苍苍，山水福地，锦绣一心，黄石之属，县城毗邻。盘山公路，依势而绕，虽为险要，亦成坦途，盖新农村建设与乡村振兴之先兆也！

主峰海拔竟达千米之高，山顶呈柱形，其上平旷如砥，富硒沃土，先民在此种茶。世纪之初，农业普查发现民舍旁一老茶树，高五米，树冠直径五米，根虬苍劲，树冠葱郁，非百年之期不可成也！问之则曰："此树为祖上之植，已历五世，自采自制，因而解乏。分茶送客，酌之则苦滑微甘，沁人心脾，生津止渴，虽工粗糙，已不为凡品矣！"

石破天惊，惊鸿一瞥，峥嵘乍现，嘉禾突来！由是广泛巡察，发现数株老树，着实为老树茶园，究竟何时何人所植？亦不知毁于何时。坊传明季种植，原为王银庙僧人栽种，后土人接种，因澎溪河船工饮用后传于陕南蜀北，已历四百余载矣！二十世纪八十年代肇始，农委推进茶业发展，以老茶树为基础，引进汤溪河畔水市黄堆茶树幼苗，在一心村广辟茶园，取名相思茶，为茶园肇始之地，亦为一脉传承、守正创新之举。

相思茶园

相传澎溪河上一船夫上山买茶，偶遇茶岭一采茶女，两人一见倾心，缠绵悱恻之后竟难分难舍。船夫回家禀告父母，约定来年春茶时节再回转与采茶女完婚。春茶满岭之际，采茶女伫立茶山，望断澎溪河，不见船夫身影，老茶树沐浴在雾岚中，嫩叶在晨雾中飘散，阳光初绮时晶莹剔透，泪光点点……采茶女制出的明前茶，口味大变，苦涩难耐，难以入口。第二年秋末，船夫姗姗来迟，携娘同往，与采茶女相聚。原来船夫回家后，正值父亲染痾，船夫悉心照料，直到父亲故去后，忧心母亲孤单，就携母亲同来茶山，船夫、采茶女二人结为伉俪。从此二人相互厮守，“晨兴理荒秽，带月荷锄归”。妻采芽，夫制茶，夫唱妇随，栽、采、制一体，产、供、销合一，披星戴月，仰取俯拾，一起经营茶山……夫妻俩辛苦采茶，精心研制，其茶叶先涩后甘，亦苦亦滑，因先苦后甜，“相思茶”由此得名。其茶叶芽头粗壮，持嫩性强；精制的明前茶，条索紧卷，色泽绿润，白毫披露，汤色淡绿，香高味醇，叶底匀嫩，为绿茶中之极品矣！

庚子秋（二〇二〇年十月），梅花三弄茶庄正式接手相思茶园，名云阳县相思茶业有限公司，所产茶叶为“江上风清”商标，寓意来自于苏轼《前赤壁赋》：“惟江上之清风，与山间之明月，耳得之而为声，目遇之而成色，取之无禁，用之不竭！”以传承传统工艺为基础，大胆创新，科学发展，增加种植面积，加强技术改造，提升产品升级换代，扩大生产规模，引入电商销售，相思茶面貌焕然一新，先后斩获重庆市名牌农产品、重庆市第四届“三峡杯”优质名茶、重庆市第八届“三峡杯”名优茶评比金奖、四川重庆“巴蜀气候好产品”、二〇二一年度“巴蜀气候标志”。辛丑年年底（二〇二一年十二月）“江上风清”茶获得重庆市优质气候品牌，与永川秀芽、开州春橙、黔江蚕桑等六类农产品同获殊荣，跻身重庆优质农产品行列！赞之曰：

澎溪有雾逆波浪，一心无言飞翠绿，山岭江雾罩，硒土嘉禾生，地称一心村，名谓相思茶。传承日久，百年老树出好茶，守正创新，千米高山润香茗，一梁飞翠，茶园群缀显芬芳，两江交合，松涛罅隙有岩茶，亦苦亦滑，有老树茶基因，先苦后甜，着相思之意。凌霜傲雪，悠然存葆，花色一霎，嫩绿开芽，春风一度，始开茗茶。挺秀色于山崖，厉素心于寒冬，着茶花于岁末，产新茶于明前。清明采摘，纤手嫩叶，铁锅慢火太阳晒，风姿绰约，着大山曼妙之气；泉水冲泡，绿毫飞旋，望闻问切喋饮品，唇齿生津，有彭溪云雾之香。一心灵山多秀色，彭溪秀水共氤氲，山水缠绵处，嘉禾悱恻生，传承百年有渊源，创新一搏成名牌！

二十
五十自序

辛丑岁末，大寒之左，腊月十七，虎年在望，天气晦明，寒风刺骨，屈指一数，余五十有三矣！

戊申猴年岁末（一九六八年），余生于磐石大梁山狮子岩下之坪上，其时为寅，天罡混沌，家母半夜胎动，不便唤医。重慈与伯娘环榻而侍，左右紧握吾母之手，呼曰："用力！"母大汗淋漓，呼叫不绝。父盘桓外室，心急火燎，来回踱步，喜忧参半。俄而，余呱呱而坠，重慈以围腰裹余，叫余父："生了，进来看，儿也！"众皆喜，余啼，母亦泣！

其时父为供销社佥事，走村串户，名为商贾，实为走卒，为公也。母亲为缝纫，穿针引线，裁缝熨烫，针线衣食，苦也！余上有两姊，三年后又得一弟，仆居坪上之王家老屋，一进天井，百年有余，斗拱飞檐，廊院四合，前坝后院，五户杂居。吾家独处西厢，盖先考以七十五钱购得，厢房两仞，瓦屋三间，是时之豪宅矣！

吾少时读书甫里，学校为帝王宫庙，临江高台，高脊深旷，鸱吻南北，烽火马墙，斑驳风尘，雄踞街背，旧为帝庙，翻作书院。庭院深深，曲径通幽，房舍俨然，牛头马面，长居校门。外有百年黄葛老树，虬根交错，树丫粗壮，直接苍穹，其叶覆盖数亩，亭亭如巨伞。江风爽气，古庙蔬钟，巍巍峻宇，稚稚童音，琅琅书声，鸟雀啁啾，幽也！余读书于此，亦不用心，成群结伙，呼啸闾巷，流连田野，爬树掏鸟，下河摸鱼，不亦乐乎，竟考入凤鸣中学，时也！

尔后就读凤鸣、云中，两试高考，丁卯（一九八八年）竟中警校，其校在泸州之红卫山，名泸州警校。北城高峻，总控全邑，称为龙透关，为兵家必争之地。占地百亩，房屋数栋，白砖黑瓦，棋布星分，坐落于沱江山巅，掩映于柑橘林荫，依山傍水，地势平旷。运动场、教学楼、训练馆、射击场、教工宿舍、学生寝室，篮球场、操场、礼堂、图书馆、食堂、洗澡堂、商店，一应俱全；汽车、摩托车、沙袋、拳击套、护膝、面罩、护目镜、篮球、足球、排球，应有尽有。硬件软件，齐聚校园。黎明即起，闻鸡起舞，跑步、拳击、散打、踢腿冲拳、擒敌拳、打沙袋，青春飞扬，大汗淋漓，整个校园人声鼎沸，吼声震天。后息影教邑，学习专业，文武兼修，日复一日，年复一年。完成预备警官之学业，两年期满，顺利毕业，拒绝外调，回归桑梓，回家乡效力于云阳县公安局。

初为捕快，穿梭闾里，俯仰山川，追踪邪恶，寻查犯意，侦查破案，缉盗捕贼，打击犯罪，服务人民。二十世纪九十年代初为县城罪案调查组组长，带领一帮热血干探，屡破大案，数擒罪魁，披星戴月，不舍昼夜；青春无悔，岁月留痕；金色盾牌，热血铸就。

己卯兔年（一九九九年），奉命下派，主政一方，任龙角廷尉长，除暴安良，保境安民，缉枪治爆，扫黑除恶，治安管理，安全监察，水陆并举，乡镇一体，热血澎湃，虎踞江南，地方得以靖安。农历庚辰年（二〇〇〇年），获公安部及重庆市委市政府旌表，立功受奖，巡回演讲，媒体采访，声名鹊起，震爆一时！尔后转道双江，任城郊派出所所长。

戊子闰年（二〇〇八年），年近四十，调任工业园区治安处处长。时政府举全县之力发展工业，遂受命组建工业园区治安处，征地拆迁，受命强拆，风口浪尖，利益交织，问题凸显，矛盾重重，虽极力维护，如履薄冰，仍触犯众怒，两头皆失。不慎因自身不检，又遭奸人所害，触犯纪律，贬为庶人，运也！

嗣后，从头来过，收拾山河，洗心革面，仰取俯拾，自食其力，混迹于舟车引浆之徒，辗转于工地山泽之间，与民工同吃同住，和百姓同工同劳，从事建筑行业，协调工地矛盾，工作内容涵盖征地拆迁、施工阻挠、水电三通、企业矛盾、工伤保险、后勤接待、报告起草、方案制定、上传下达、内部整顿、外围协调、民工权益、企业利益、办公综合、业务培训等诸项，主要与业主和政府打交道，为企业发展做好后勤保障工作，角色转换，岗位适应，服务社会，建设家乡，发展企业，为公司尽绵薄之力，不握一艺，厉素心而不惮；是为白丁，经尘埃而向阳。滚滚红尘，匆匆过客，历经坎坷，初心不改，行业翘楚，社会中坚，天命之年，雄心依然；随遇而安，孤独求败，命也！

闲暇之际，重拾幼时所好，醉心文学，广读经典，咬文嚼字，尝试写作，漫漫长夜，捡拾人生。枕上诗书，犹如清茶一盏，看滚滚红尘，忆不堪往事，寻人间真情；案桌秃笔，似久废之木，沾沧浪之水，写人间春秋，歌真善美好。我手（写）我心，小敲小打，粗制滥造，难登大雅之堂；吾歌吾故土，赤子之情，匪依匪我，亦尽不虞之愁。虽才疏学浅，仍竭尽所能；纵难有成就，还初心不改，何也？爱好使然，情怀依旧！

嘲曰："年少憧憬，青春无悔，成年折戟，中岁彷徨，天命平和，过往繁花，终将凋零，光阴荏苒，岁月蹉跎，埋头苦干，只问耕耘，不企收获，汝过往之灿烂，亦以孤寂而还，天道也！"